TARÂNTULA

THIERRY JONQUET

TARÂNTULA

Tradução de
ANDRÉ TELLES

EDITORA RECORD
RIO DE JANEIRO • SÃO PAULO
2011

CIP-BRASIL. CATALOGAÇÃO-NA-FONTE
SINDICATO NACIONAL DOS EDITORES DE LIVROS, RJ

Jonquet, Thierry, 1954-2009
J67p Tarântula / Thierry Jonquet; tradução de André Telles. – Rio de Janeiro: Record, 2011.

Tradução de: Mygale
ISBN 978-85-01-08447-7

1. Romance francês. I. Telles, André. II. Título.

11-0740 CDD: 843
CDU: 821.133.1-3

Título original:
Mygale

Texto revisado segundo o novo Acordo Ortográfico da Língua Portuguesa.

Impresso no Brasil

ISBN 978-85-01-08447-7

Primeira parte

A ARANHA

I

RICHARD LAFARGUE ia e vinha num passo lento pela alameda atapetada de cascalho que levava ao pequeno lago engastado no bosque que margeava o muro da mansão. A noite estava clara, era julho, o céu polvilhado por uma chuva de cintilações leitosas.

Emboscado atrás de uma ilhota de nenúfares, o casal de cisnes dormia um sono sossegado, o pescoço curvado sob a asa, a fêmea, grácil, confortavelmente encoscorada no corpo mais imponente do macho.

Lafargue colheu uma rosa e inalou por um instante aquele aroma adocicado, quase enjoativo, antes de voltar sobre seus passos. No fim da alameda ladeada por tílias, erguia-se a casa, bloco compacto e sem-graça, atarracado. No térreo, a copa, onde Line — a empregada — devia fazer suas refeições. Uma olhadela mais clara para a direita, e um ronco aveludado: a garagem, onde Roger — o motorista — acionava o motor do Mercedes. O majestoso salão, por fim, cujas cortinas escuras não deixavam passar senão tênues raios de luz.

Lafargue ergueu os olhos para o andar de cima e seu olhar demorou-se nas janelas dos aposentos de Ève. Uma luminosidade discreta, uma persiana entreaberta por onde escapavam as notas de uma música tímida, um piano, e os primeiros compassos da canção "The Man I Love"...

Lafargue reprimiu um gesto de enfado, e, com uma passada brusca, entrou na mansão, batendo a porta; quase correndo até a escada, subiu os degraus prendendo a respiração. Ao chegar em cima, ergueu o punho e depois se conteve, resignando-se a bater suavemente com o nó do indicador.

Abriu as três fechaduras, que, do lado de fora, trancavam a porta de entrada dos aposentos onde morava aquela que teimava em permanecer surda a seus chamados.

Sem fazer barulho, fechou novamente a porta e avançou até a alcova. O recinto estava imerso na escuridão, apenas a lâmpada do abajur instalado sobre o piano irradiava uma iluminação difusa. Bem ao fundo do quarto contíguo à alcova, a luz fria do banheiro ressaltava com uma mancha branca e viva a extremidade do apartamento.

Na penumbra, foi até a vitrola e desligou o som,

interrompendo as primeiras notas da melodia que, no disco, acompanhava "The Man I Love".

Dominou sua cólera antes de murmurar num tom neutro, isento de censuras, uma observação ainda assim acerba sobre a duração razoável de uma sessão de maquiagem, da escolha do vestido, da seleção das joias adequadas ao tipo de programa para o qual ele e Ève estavam convidados...

Dirigiu-se então ao banheiro, represando um palavrão ao ver a jovem mulher espreguiçar num volumoso casulo de musgo azulado. Suspirou. Seu olhar cruzou com o de Ève; o desafio que seu olhar pareceu ler o fez rir. Balançou a cabeça, quase divertido com aquela criancice, antes de deixar os aposentos...

De volta ao salão, no térreo, serviu um scotch no bar instalado perto da lareira e bebeu o copo de um trago. O álcool queimou-lhe o estômago e alguns tiques agitaram seu rosto. Foi em seguida até o interfone conectado aos aposentos de Ève, apertou o botão e limpou a garganta, antes de berrar, a boca colada na treliça de plástico:

— Eu lhe suplico, não demore mais, sua vagabunda!

Ève teve um sobressalto violento quando as duas caixas de som de 300 watts embutidas nas divisórias da alcova repercutiram poderosamente o berro de Richard.

Sentiu um arrepio antes de sair sem pressa da imensa banheira redonda para vestir um roupão felpudo.

Foi sentar-se em frente à penteadeira e começou a se maquiar, manipulando o delineador com gestos econômicos e ágeis.

Com Roger ao volante, o Mercedes deixou a mansão do Vésinet, tomando o rumo de Saint-Germain. Richard observava Ève, apática ao seu lado. Fumava com ar de displicência, levando regularmente a piteira de marfim aos lábios finos. As luzes da cidade penetravam em flashes intermitentes dentro do carro, imprimindo sulcos de um brilho efêmero no vestido justo de seda preta.

Ève mantinha o pescoço jogado para trás e Richard não conseguia ver seu rosto, iluminado apenas pela brasa fugaz do cigarro.

*

Não se demoraram naquela festa ao ar livre organizada por um banqueiro que assim almejava esfregar sua existência na cara da vizinhança aristocrata dos arredores. Perambularam — Ève no braço de Richard — em meio aos convidados. Uma orquestra instalada no parque destilava uma música lenta. Grupos formavam-se na proximidade das mesas e bufês espalhados ao longo das aleias.

Não conseguiram evitar uma ou duas sanguessugas da sociedade e foram obrigados a beber algumas taças de champanhe erguendo brindes em homenagem ao dono da casa. Lafargue encontrou alguns colegas, entre os quais um membro do Conselho da Ordem; foi elogiado pelo seu mais recente artigo na *La revue du praticien*. Nos meandros da conversa, chegou a prometer sua presença numa palestra sobre cirurgia reparadora do seio por ocasião dos próximos Entretiens de Bichat*. Mais tarde, odiou-se por haver dessa forma se deixado capturar quando poderia ter oposto uma recusa educada ao pedido que lhe era feito.

Ève manteve-se a distância, e parecia pensativa. Saboreava os olhares concupiscentes que alguns convidados arriscavam-se a lhe dirigir e se deleitava com eles respondendo com um meneio de desdém, quase imperceptível.

Largou Richard por um instante para se aproximar da orquestra e pedir que tocassem "The Man I Love". Quando os primeiros compassos, sutis e langorosos, soaram, ela estava de volta junto a Lafargue. Um sorriso sarcástico nasceu em seus lábios quando a dor aflorou no rosto do médico. Este pegou-a delicadamente pela cintura para tirá-la dali. O saxofonista encetou um solo choroso e Richard teve que se conter para não esbofetear a companheira.

Cumprimentaram finalmente seu anfitrião por volta da meia-noite e retornaram à mansão do Vésinet.

---

*Entretiens de Bichat: sessão anual de formação médica, com um programa de mais de 200 temas tratados simultaneamente em quatro anfiteatros por professores da Universidade. (*N. do T.*)

Richard acompanhou Ève até o quarto. Sentado no sofá, observou-a despindo-se, a princípio mecânica, depois dengosamente, encarando-o, fitando-o com ironia.

Com as mãos nos quadris, as pernas abertas, plantou-se diante dele, a penugem do púbis na altura de seu rosto. Richard fez um muxoxo e levantou-se para pegar uma caixinha de madrepérola guardada numa prateleira da estante. Ève deitou-se numa esteira colocada diretamente no chão. Ele agachou-se junto a ela, abriu a caixinha e tirou o cachimbo comprido, bem como o papel-alumínio contendo as bolhinhas untuosas.

Encheu delicadamente o cachimbo e acendeu um fósforo numa estufa antes de estendê-lo a Ève, que deu longas tragadas. O cheiro enjoativo espalhou-se pelo aposento. Deitada de lado, curvada como um gatilho de espingarda, ela fumava, observando Richard. Logo seu olhar turvou-se, tornando-se vítreo... Richard já preparava outro cachimbo.

Uma hora mais tarde, deixava-a, após dar duas voltas nas três fechaduras do aposento. De volta a seu quarto, despiu-se por sua vez e contemplou longamente sua fisionomia encanecida no espelho. Sorriu para sua imagem, para os cabelos brancos, para as numerosas e profundas rugas que estriavam sua face. Estendeu à frente as mãos abertas, depois fechou os olhos e esboçou o gesto de rasgar um objeto imaginário. Finalmente deitado, revirou-se longas horas na cama antes de dormir de madrugada.

II

LINE, A EMPREGADA, estava de folga, e naquele domingo foi Roger que preparou o café da manhã. Bateu longamente na porta do quarto de Lafargue antes de obter uma resposta.

Richard comeu com vontade, devorando com apetite os croissants frescos. Sentia-se bem-humorado, quase bobo. Vestiu um jeans, uma camisa de algodão leve, calçou mocassins e saiu para dar uma volta no parque.

Os cisnes nadavam de um lado para o outro no espelho d'água. Aproximaram-se da margem quando Lafargue apareceu no bosque de lilases. Ele atirou umas cascas de pão e acocorou-se para lhes dar de comer na mão.

Em seguida caminhou pelo parque; os canteiros de flores coloriam com manchas vivas a extensão verde do gramado recém-podado. Foi até a piscina, de cerca de 20 metros, instalada bem na extremidade do parque. A rua e até mesmo as mansões das redondezas ficavam dissimuladas por um muro que dava a volta completa na propriedade.

Acendeu um cigarro, deu uma tragada e uma risada, e voltou para casa. Na copa, Roger deixara na mesa a bandeja do café da manhã destinado a Ève. No salão, Richard apertou o botão do interfone e, a plenos pulmões, berrou: CAFÉ DA MANHÃ! DE PÉ!

Depois subiu a escada.

Destrancou a porta e entrou no quarto; Eve ainda dormia, na grande cama de baldaquim. Seu rosto mal emergia das cobertas e seus cabelos castanhos, volumosos e cacheados formavam uma mancha negra sobre o cetim roxo.

Lafargue sentou-se na beirada da cama, colocou a bandeja perto de Ève. Ela embebeu a ponta dos lábios no copo de suco de laranja e atacou com uma dentada monótona uma torrada coberta de mel.

— Estamos no 27... — disse Richard. — Hoje é o último domingo do mês. Tinha esquecido?

Ève balançou debilmente a cabeça, sem olhar para Richard. Seus olhos estavam vazios.

— Bem — continuou ele —, saímos dentro de 45 minutos!

Deixou os aposentos. De volta ao salão, aproximou-se do interfone para gritar:

— Eu disse 45 minutos, deu para ouvir?

Ève congelara-se para aguentar a voz amplificada pelas caixas de som.

*

O Mercedes rodara durante três horas antes de deixar a auto-estrada para entrar numa sinuosa pequena via secundária. O campo normando definhava entorpecido sob o sol de verão. Richard pegou um refrigerante gelado e sugeriu um refresco a Ève, que cochilava de olhos semicerrados. Ela repeliu o copo que ele lhe estendia. Ele fechou a porta do frigobar.

Roger dirigia velozmente, mas com firmeza. Dali a pouco estacionava o Mercedes na entrada de um castelo situado na orla de um vilarejo. Um pedaço de mata fechada cercava o domínio do qual algumas dependências, protegidas por uma grade, ficavam próximas às primeiras casas do vilarejo. Sentados na pracinha, grupos a passeio aproveitavam o sol. Mulheres de camisa branca circulavam entre eles, carregando bandejas cheias de copinhos de plástico coloridos.

Richard e Ève subiram o lance de degraus da entrada e dirigiram-se ao guichê de recepção, atrás do qual reinava uma imponente recepcionista. Ela sorriu para Lafargue, apertou a mão de Ève e gritou para chamar um enfermeiro. Atrás deles, Ève e Richard entraram num elevador que parou no terceiro andar. Um corredor comprido estendia uma perspectiva retilínea entrecortada por vãos que alojavam portas equipadas com uma janelinha retangular de plástico transparente. O enfermeiro, sem dizer uma palavra, abriu a sétima porta à esquerda a partir do elevador. Recuou para deixar o casal entrar.

*

Uma mulher estava sentada na cama, uma mulher bem jovem a despeito das rugas e dos ombros arqueados. Oferecia o penoso espetáculo de um envelhecimento precoce, que vinha escavar profundos sulcos num rosto, por sinal, infantil. Os cabelos desordenados formavam um tosão grosso, eriçado de espigas. Os olhos, esbugalhados, revolviam-se. A pele estava cheia de cascas escuras. O lábio inferior tremia espasmodicamente e o torso balançava lentamente, para frente e para trás, preciso como um metrônomo. Vestia apenas um camisolão de brim azul sem bolsos. Seus pés descalços flutuavam em chinelos com pompons.

Parecia não ter percebido a entrada das visitas. Richard sentou-se junto a ela e pegou seu queixo para girar seu rosto para ele. A mulher era dócil, mas nada em sua expressão ou em seus gestos deixou transparecer sequer o esboço de um sentimento ou emoção.

Richard passou um braço em volta de seus ombros e a puxou para si. A gangorra parou. Éve, de pé perto da cama, admirava a paisagem através da janela de vidro reforçado.

— Viviane — murmurou Richard —, Viviane, minha querida...

De repente, levantou-se e agarrou o braço de Ève. Obrigou-a a encarar Viviane, que voltara a se balançar, o olho esbugalhado.

— Dê-lhe... — disse ele num sopro.

Ève abriu sua bolsa para tirar uma caixa de bombons recheados. Debruçou-se e estendeu a caixa para aquela mulher, Viviane.

Com gestos descoordenados, Viviane apoderou-se do presente, arrancou a embalagem, e, gulosamente, pôs-se a devorar os bombons, todos, um atrás do outro. Richard observava-a, perplexo.

— Muito bem, chega... — suspirou Ève.

E empurrou lentamente Richard para fora do quarto. O enfermeiro esperava no corredor; fechou a porta, enquanto Ève e Richard dirigiam-se para o elevador.

Voltaram ao guichê de recepção para trocar algumas palavras com a recepcionista. Em seguida, Ève fez sinal para o motorista, que, recostado no Mercedes, lia *L'Équipe*. Richard e Ève tomaram seus assentos na parte detrás e o carro enveredou pela via secundária que levava à autoestrada para retornar à região parisiense e, finalmente, à mansão do Vésinet.

*

Richard trancou Ève nos aposentos do primeiro andar e dispensou os empregados pelo resto do dia. Deu uma relaxada no salão, beliscando os pratos frios que Line preparara antes de ir embora. Eram quase cinco da tarde quando instalou-se ao volante do Mercedes e tomou o rumo de Paris.

Estacionou perto da Concorde e entrou num prédio da rua Godot-de-Mauroy. Com seu molho de chaves na mão, subiu os três andares num passo rápido. Abriu a porta de um espaçoso conjugado. O centro do cômodo era ocupado por uma grande cama redonda forrada com lençóis de cetim violeta e tinha as paredes decoradas com algumas gravuras eróticas.

Na mesinha de cabeceira havia um telefone equipado com secretária eletrônica. Richard soltou a fita e escutou as mensagens. Houvera três nos dois últimos dias. Vozes roucas, de fôlego curto: vozes de homem deixando um recado para Ève. Ele anotou as horas dos encontros sugeridos. Saiu do conjugado, chegou rapidamente à rua e entrou no carro. De volta ao Vésinet, foi até o interfone e, com uma voz melíflua, comunicou à mulher:

— Ève, está me escutando? Três! Esta noite!

Subiu a escada.

Ela estava na alcova, pintando uma aquarela. Uma paisagem serena, encantadora, uma clareira irrigada de luz e, no centro da tela, desenhado a carvão, o rosto de Viviane. Richard deu uma gargalhada, pegou um vidrinho de esmalte de unha vermelho na penteadeira e despejou o conteúdo sobre a aquarela.

— Você não vai mesmo mudar nunca? — ele sussurrou.

Ève levantou-se, e, metódica, arrumou os pincéis, as tintas e o cavalete. Richard puxou-a para si, o rosto quase tocando o seu, e murmurou:

— Agradeço-lhe, do fundo do coração, por essa docilidade que a leva a curvar-se ao meu desejo...

Os traços de Ève crisparam-se; de sua boca, irrompeu uma longa queixa, surda e grave. Brilhou então um fulgor de raiva em seu olhar.

— Solte-me, seu cafetão filho da puta!

— Ah! Muito engraçado! Ora! Garanto que você fica linda nos seus momentos de revolta.

Ela desvencilhou-se do seu assédio. Deu um retoque nos cabelos, ajeitou a roupa.

— Bom — disse ela —, esta noite? É isso mesmo que deseja? Quando partimos?

— Mas... imediatamente!

Não trocaram uma palavra durante o trajeto. Ainda sem se falarem, viram-se no conjugado da rua Godot-de-Mauroy.

— Prepare-se, eles não devem demorar — ordenou Lafargue.

Ève abriu um armário e se despiu. Guardou as roupas antes de se disfarçar com a ajuda de compridas ligas pretas, uma saia de couro e meias de rede. Maquiou o rosto — pó de arroz, batom escarlate — e sentou-se na cama.

Richard deixou o conjugado, passando ao conjugado vizinho. Numa das paredes, um espelho sem estanho permitia-lhe espiar secretamente o que acontecia no cômodo onde Ève esperava.

O primeiro cliente, um comerciante sexagenário e tuberculoso, vermelho de apoplexia, chegou cerca de meia hora mais tarde. O segundo, apenas por volta das nove da noite, um farmacêutico do interior que visitava Ève a intervalos regulares e se contentava em vê-la passear nua pelo espaço exíguo do conjugado. O terceiro, enfim,

Ève teve que fazer esperar, depois que ele, todo ofegante ao telefone, pediu para vir. Tratava-se de um filho de boa família, homossexual enrustido, que deambulava rebolando, proferindo insultos e se masturbando, enquanto Ève acompanhava-o em seus deslocamentos de mãos dadas com ele.

Richard, por trás do espelho, exultava com aquele espetáculo, rindo em silêncio, agitando-se numa cadeira de balanço, aplaudindo cada careta de nojo da garota.

Quando tudo terminou, juntou-se a ela. Ela tirou as roupas de couro para voltar a vestir um tailleur de corte sóbrio.

— Estava perfeito! Você é sempre perfeita... Maravilhosa e paciente! Venha — murmurou Richard.

Pegou seu braço e levou-a para jantar num restaurante eslavo. Encheu de cédulas os músicos da orquestra cigana aglutinados em torno da mesa, cédulas resgatadas na mesinha de cabeceira depois que os clientes de Ève as deixaram em troca do serviço realizado.

*

... Lembre-se. Era uma noite de verão. Fazia um calor horrível, úmido, um fardo insuportável. Um temporal estava prestes a cair. Você pegou sua moto e fugiu pela noite. O ar noturno, você pensava, me fará bem.

Você ia rápido. O vento inflava sua camisa, que estufava e estalava. Insetos esmagavam-se em sua viseira, seu rosto, mas você não sentia mais calor.

Levou tempo até você começar a se preocupar com a presença daqueles dois faróis brancos, esburacando a escuridão no seu encalço. Dois olhos elétricos, apontados para você, implacáveis. Inquieto, você exigiu tudo do motor da 125, mas o carro que o perseguia era potente, mantendo-se sem dificuldade na sua cola.

Você ziguezagueava na floresta, angustiado no início, depois em pânico diante da insistência daquele olhar que não o largava. Pelo retrovisor, percebeu que o motorista estava sozinho. Não parecia querer aproximar-se.

O temporal acabou caindo. Uma chuva fina no início, forte depois. A cada curva, o carro reaparecia. Encharcado, você sentiu um calafrio. O medidor de gasolina da 125 começou a piscar perigosamente. Só havia combustível para mais alguns quilômetros. Depois de tanto zanzar pela mata, você se perdera. Não sabia mais a direção que tomar para alcançar a aldeia mais próxima.

A estradinha estava escorregadia, você diminuiu. Num pulo, o carro aproximou-se, quase ultrapassando-o, tentando fazê-lo derrapar para a ribanceira.

Você freou, a moto deu um cavalo de pau. Ligando novamente o motor para partir na direção oposta, você ouviu o guincho de freios: ele também virara e continuava a segui-lo. Era noite escura, e o aguaceiro que caía o impedia de enxergar a estrada à sua frente.

Subitamente, você arremeteu sua roda dianteira contra um montinho de terra, esperando cortar caminho através da mata, mas a lama fez com que você derra-

passe. A 125 estava deitada de lado e o motor havia morrido. Você tentou reerguê-la, não era fácil.

De novo no assento, você girou a chave, mas não havia mais gasolina. Uma potente lanterna iluminou a folhagem. O pincel de luz surpreendeu-o no momento em que você corria para se proteger atrás de um tronco de árvore. No cano da sua bota direita, você apalpou a lâmina da adaga, aquele punhal da Wehrmacht que você nunca largava...

Sim, o carro também pulverizou a estrada e você sentiu seu estômago dar um nó ao perceber aquela silhueta compacta engatilhar uma espingarda. O cano estava apontado para você. A detonação misturara-se às trovoadas. A lanterna fora deixada no teto do carro. Desligada.

Você saiu na disparada, ofegante. Lanhava as mãos afastando as moitas para abrir caminho. De vez em quando, a lanterna voltava a se acender, seu flash de luz irrompia de novo, atrás de você, iluminando sua fuga. Você não ouvia mais nada, seu coração estava a mil: uma crosta de lama, em suas botas, dificultava sua carreira. Sua mão apertava a adaga.

Quanto tempo durou essa perseguição? Resfolegando, você pulava por cima dos troncos abatidos, no escuro. Um cepo jazido no solo fez você tropeçar e desmoronar no solo empapado.

Estirado na lama, você ouviu aquele grito: um rugido. Ele pulou sobre seu pulso, esmagando sua mão com o salto da bota. Você largou a adaga. Ele então investiu e as mãos dele retiniram nos seus ombros, uma subindo para sua boca, a outra apertando seu pescoço enquanto o joelho golpeava as suas costas. Você tentou morder a palma da mão dele, mas os dentes só encontraram um bolo de terra.

Ele o mantinha curvado sobre si. Vocês ficaram assim, grudados um no outro, na escuridão... A chuva parou.

III

Alex Barny descansava na cama de ferro, no quarto da mansarda. Não fazia nada, nada senão esperar. O canto das cigarras, invadindo a charneca, produzia um alarido lancinante. Pela janela, Alex percebia as silhuetas bífidas dos troncos de oliveiras retorcendo-se na noite, imobilizadas em poses extravagantes; com a manga da camisa, enxugou a testa, de onde brotava um suor ácido.

A lâmpada nua, pendurada num fio, atraía nuvens de mosquitos; a cada 15 minutos, Alex tinha um acesso de raiva e borrifava os insetos com um spray de inseticida. No chão de cimento, esparramava-se uma grande auréola negra de cadáveres esmagados, entremeados por minúsculos pontinhos vermelhos.

Alex levantou-se com dificuldade, e, mesmo mancando, apoiado numa bengala, saiu do quarto para ir à cozinha do sítio, perdido no campo em algum lugar entre Cagnes e Grasse.

A geladeira estava abastecida. Alex pegou uma lata de cerveja, puxou a tampa e bebeu. Arrotou ruidosamente, abriu uma segunda lata e saiu de casa. Ao longe, ao sopé das colinas eriçadas de oliveiras, o mar brilhava ao luar, cintilando sob um céu sem nuvens.

Alex deu alguns passos, cautelosamente. Sua coxa incomodava-o, breves fisgadas de dor. O curativo apertava-lhe a carne. Fazia dois dias que não havia mais pus, mas o ferimento demorava a fechar. A bala atravessara a massa muscular, poupando milagrosamente a artéria femoral e o osso.

Alex apoiou-se com uma das mãos num tronco de oliveira e urinou, regando com um jato uma coluna de formigas que se mudavam de um imenso emaranhado de galhinhos.

Bebeu novamente, mamando a lata de cerveja, gargarejou a espuma, cuspiu fora. Sentou-se no banco da varanda, arfante, arrotando de novo. Do bolso do short, tirou um maço de Gauloises. A cerveja respingara em sua camiseta, já imunda de graxa e poeira. Através do tecido, beliscou a barriga, agarrando uma dobrinha de pele entre o polegar e o indicador. Estava engordando. Depois daquelas três semanas de ócio compulsório, sem fazer nada a não ser descansar e comer, estava engordando.

Com o pé, esmagou a superfície de papel de um jornal datando de duas semanas atrás. O salto do calçado cobriu o rosto estampado na primeira página. O seu. Um texto em uma coluna com caracteres em negrito, do qual se destacavam maiúsculas ainda maiores: seu nome. Alex Barny.

Em outra foto, menor, um sujeito abraçando uma mulher, com um bebê no colo. Alex limpou a garganta e cuspiu no jornal. A saliva, arrastando na passagem alguns fiapos de fumo, foi instalar-se no rosto do bebê. Alex cuspiu de novo e dessa vez não errou o alvo, o rosto do tira sorridente e sua familiazinha. Aquele tira hoje morto...

Entornou o resto da espuma no jornal, a tinta se diluiu, desfocando a foto, estufando o papel. Ficou absorto na contemplação dos rastros de líquido que manchavam gradativamente a página. Em seguida rasgou-a com os pés, pisoteando-a.

Foi invadido por uma lufada de angústia. Seus olhos embaçaram mas as lágrimas não vieram; os soluços que nasciam em sua garganta esgotaram-se, deixando-o desamparado. Alisou a gaze do curativo e ajeitou a compressa, apertando o conjunto e mudando o alfinete de fralda de lugar.

Ficou com as mãos espalmadas nos joelhos, contemplando a noite. Nos primeiros dias, quando chegara ao sítio, tivera enorme dificuldade para se habituar à solidão. O ferimento infeccionado dava-lhe um pouco de febre, seus ouvidos zumbiam, uma sensação desagradável misturando-se ao canto das cigarras. Espreitava a charneca, e volta e meia parecia-lhe ver um tronco se mexer; os sons da noite o assustavam. Conservava sempre o revólver na mão, ou, quando se deitava, pousado na barriga. Teve medo de enlouquecer.

A bolsa com as cédulas estavam ao pé da cama. Ele deixava o braço pender por cima da barra de ferro e mergulhava a mão nos maços, revirava-os, apalpava-os, deliciando-se com esse contato.

Tinha momentos de euforia, caindo subitamente na gargalhada, dizendo-se que, no fim das contas, nada lhe podia acontecer. Não o encontrariam. Ali, estava protegido. Não havia casa nas vizinhanças a menos de um quilômetro. Turistas holandeses ou alemães que haviam comprado chácaras em ruínas passavam lá suas férias. Ou então hippies com rebanhos de cabras... Um ceramista... Nada a temer! Às vezes, durante o dia, ficava observando a estrada e as redondezas, de binóculo. Os turistas faziam grandes excursões a pé, colhendo flores. As crianças eram espantosamente louras, duas menininhas, um garoto mais velho. A mãe tomava banho de sol, nua, no telhado horizontal da casa, lá longe. Alex espiava, coçando a virilha e resmungando.

Voltou para a sala de jantar a fim de preparar um omelete. Comeu-o diretamente na panela, molhando o pão nos resíduos moles. Depois jogou dardos, mas as idas e vindas necessárias para recuperar os projéteis após cada arremesso logo o cansaram. Havia também um fliperama, que funcionava no início de sua estadia, mas que enguiçara de uma semana para cá.

Ligou a televisão. Hesitou entre um faroeste na FR3 e um programa de variedades no primeiro canal. O faroeste contava a história de um malfeitor que se tornara juiz, após haver aterrorizado um vilarejo inteiro. O sujeito era louco, passeava com um urso, e sua cabeça mantinha-se numa posição estranha, caída de lado: o bandido-juiz sobrevivera a um enforcamento... Alex tirou o som.

Juiz de verdade, de toga vermelha e aquela espécie de gola forrada de branco, ele vira um, uma vez. Foi no Tribunal de Justiça de Paris. Vincent arrastara-o até lá para assistir a um julgamento. Vincent, seu único amigo, era meio maluco.

Hoje, Alex estava na pior. Vincent saberia o que fazer numa situação daquelas, pensava... Como sair daquele buraco sem ser capturado pelos policiais, como passar as cédulas, decerto registradas, como alcançar um país estrangeiro, virar-se por lá para ser esquecido. Vincent falava inglês, espanhol...

E depois, para começar, Vincent não teria se deixado capturar tão estupidamente! Teria previsto o tira, a câmera dissimulada no teto filmando as proezas de Alex. E que proezas! A chegada na agência aos gritos, o revólver apontado para o caixa...

Vincent teria pensado em anotar os clientes regulares das segundas-feiras, sobretudo aquele tira, sempre de folga nesse dia, que chegava às dez para pegar um trocado antes de ir fazer compras no Carrefour ali perto... Vincent teria usado um capuz, detonado a câmera... Alex estava de capuz, mas o policial o arrancara. Vincent não teria esperado para matar aquele sujeito que queria bancar o herói. Se era para morrer...

Mas Alex — petrificado de estupor, no lapso de um instante, uma fração de segundo, antes de tomar a decisão: abrir fogo imediatamente! —, Alex é que fora surpreendido, Alex é que levara aquela bala na coxa, Alex é que se arrastara para fora, pingando sangue, a bolsa abarrotada de cédulas, não, francamente, Vincent teria se saído melhor que ele!

Vincent não estava mais ali. Ninguém sabia onde se escondia. Estaria morto? Em todo caso, sua ausência verificara-se desastrosa.

Por outro lado, Alex aprendera. Depois do desaparecimento de Vincent, fizera novos amigos, que lhe haviam fornecido documentos falsos e aquele buraco perdido na charneca provençal. Naqueles quase quatro anos desde o sumiço de Vincent, Alex transformara-se. A fazenda do seu pai, com seus tratores e vacas, era muito longe. Ele tornara-se leão de chácara numa boate, em Meaux. Suas mãos abertas em palmatória às vezes faziam devastações, nas noites de sábado, entre os clientes embriagados e turbulentos. Alex usava roupas vistosas, um anel enorme, um carro. Quase um cavalheiro!

E, de tanto distribuir bordoadas pelos outros, ruminara que, no fim das contas, não seria tão mal distribuí-las por conta própria. Alex batera, batera, batera. Tarde da noite, em Paris, nos bairros elegantes, na saída das boates, dos restaurantes. Uma verdadeira colheita de carteiras, mais ou menos estufadas, cartões de crédito, muito práticos para pagar as faturas de seu guarda-roupa agora imponente.

Depois Alex encheu de bater tão forte, tão assiduamente, por soma francamente irrisória. De uma tacada, no banco, batendo bem forte, poderia parar de bater pelo resto da vida.

Estava encolhido numa poltrona, o olhar focalizado na tela da televisão, no momento vazia. Um camundongo passou guinchando ao longo de um pedestal, bem perto de sua mão. Com um gesto repentino, ele esticou o braço, a mão espalmada, e seus dedos fecharam-se sobre o corpinho hirsuto. Sentia bater o coração minúsculo, enlouquecido. Lembrou-se dos campos, das rodas do trator desentocando os ratos, dos pássaros escondidos nas sebes.

Aproximou o camundongo do rosto e começou a apertar lentamente. Suas unhas penetravam no pelo sedoso. Os guinchos tornaram-se mais agudos. Então, voltou a olhar para a página do jornal, os caracteres em negrito, sua foto prisioneira das colunas falastronas dos jornalistas.

Levantou-se, foi de novo até a escada da entrada da casa, e, com toda a força, arremessou o camundongo na noite.

*

... Havia um gosto de terra molhada na sua boca, toda aquela lama pegajosa embaixo de você, aquele contato tépido e suave contra seu torso — sua camisa estava rasgada —, cheiros de musgo, de lenha apodrecida. E depois o torno das mãos dele, em volta do seu pescoço, sobre seu rosto, dedos crispados que o mantinham prisioneiro, aquele joelho dobrado contra suas costas e sobre o qual ele imprimia todo seu peso, como se quisesse enfiá-lo no chão para fazê-lo desaparecer.

Ele ofegava, recuperava o fôlego. Você, por sua vez, não se mexia mais; esperar, simplesmente esperar. O punhal estava ali, na relva, em algum lugar à direita. Ele teria que relaxar aquela asfixia nos próximos segundos. Então, com uma estocada, você poderia desequilibrá-lo, atordoá-lo, pegar a adaga e matá-lo, matá-lo, furar a barriga daquele crápula.

Quem era ele? Um louco? Um sádico farejando na floresta? Vocês permaneceram longos segundos dolorosamente emaranhados na lama, espreitando reciprocamente sua respiração na noite. Ele queria matá-lo? Estuprá-lo antes?

A floresta estava mergulhada no silêncio, inerte, como esvaziada de vida. Ele não dizia nada, respirava mais calmamente. Você esperava um gesto. A mão dele dirigindo-se para o seu púbis? Alguma coisa desse tipo... Pouco a pouco você conseguira dominar o terror, sabia-se preparado para lutar, para enfiar os dedos nos olhos dele, procurar a garganta para morder. Mas nada acontecia. Você continuava ali, embaixo dele, esperando.

Então ele riu. Uma risadinha alegre, sincera, pueril. Uma risada de fedelho a quem acabamos de dar um presente de Natal. A risada calou-se. Você ouviu sua voz, ponderada, neutra.

— Não tenha medo, mocinho, não se mexa, não irei machucá-lo...

A mão esquerda dele largou seu pescoço para acender a lanterna. O punhal estava bem ali, fincado na relva, a menos de vinte centímetros. Mas, com o pé, ele apertou seu pulso ainda mais forte, antes de arremessar a adaga para longe. Sua última chance...

Ele largou a lanterna e, agarrando-o pelos cabelos, virou seu rosto para o facho de luz amarela. Você não enxergava nada. Ele falou mais uma vez.

— É... é você mesmo!

O joelho dele pesava cada vez mais nas suas costas. Você gritou, mas ele enfiou um pano fedorento na sua cara. Você lutou para não apagar, mas, quando ele relaxou pouco a pouco a chave, você já estava entorpecido. Uma grande torrente negra, fervente, vinha em sua direção.

Você levou muito tempo para emergir do torpor. Suas lembranças eram difusas. Tivera um pesadelo, um sonho medonho, na cama?

Não, estava tudo escuro, como a noite do sono, mas agora você estava de fato acordado. Você berrou horas a fio. Tentou se mexer, se soerguer.

Mas correntes travavam seus pulsos, seus tornozelos, não lhes proporcionando senão uma reduzida margem de manobra. Na escuridão, você apalpou o chão em que estava deitado. Um chão duro, forrado com uma espécie de oleado. E, atrás, uma parede, tomada pelo musgo. As correntes estavam solidamente presas nela. Você puxou por cima, colocando um pé contra a parede, mas elas seriam capazes de resistir a tração bem mais forte.

Foi somente nesse momento que você tomou consciência de sua nudez. Você estava nu, totalmente nu, preso por correntes num muro. Apalpou seu corpo, febril, procurando feridas cuja dor houvesse permanecido muda. Mas sua pele, fina, estava lisa, indolor.

Não fazia frio nesse recinto escuro. Você estava nu, mas não sentia frio. Você chamou, gritou, rugiu... Depois chorou, socando a parede, sacudindo as correntes, berrando de fúria impotente.

E pareceu-lhe que gritava durante horas. Você sentara no chão, sobre o oleado. Achou que o haviam drogado, que tudo aquilo não passava de alucinação, delírio... Ou que você morrera, de noite, na estrada, de moto, a lembrança de sua morte fugia-lhe por ora, mas quem sabe não voltaria? Sim, era isso, a morte, ficar acorrentado no escuro, sem saber de mais nada...

Mas não, você estava vivo. Berrou mais uma vez. O sádico capturara-o na floresta; entretanto, não lhe fizera mal nenhum, pois é, nenhum.

Enlouqueci... Foi o que você também pensou. Sua voz estava fraca, alquebrada, rouca, sua garganta, seca, você não conseguia mais gritar.

Então teve sede.

Você dormiu. Ao despertar, a sede estava ali, entocada no escuro, à sua espera. Velara, paciente, o seu sono. Apertava sua garganta, tenaz e perversa. Um pó áspero, grosso, que entupia sua boca, cujos grãos rangiam sob seus dentes; não uma simples vontade de beber, não, coisa bem diferente, que você nunca conhecera e cujo nome, sonoro e claro, estalava como uma chicotada: a sede.

Você tentou pensar em outra coisa. Recitou poemas mentalmente. De vez em quando, soerguia-se para chamar por socorro, socando a parede. Berrava — estou com sede — depois murmurava — estou com sede —, por fim, só conseguia pensar: estou com sede! Gemendo, você implorou, suplicou que lhe dessem de beber. Arrependeu-se de haver urinado, no início, logo no início. Você retesara ao máximo as correntes, para mijar longe, a fim de que o canto do oleado instalado no chão que lhe servia de enxerga permanecesse limpo. Vou morrer de sede, deveria ter bebido meu mijo...

Você dormiu de novo. Horas ou apenas alguns minutos? Impossível saber, nu, no escuro, sem referência.

Muito tempo se passara. De repente, você entendeu tudo: havia um engano! Você fora pego no lugar de alguém, não era você que queriam torturar assim. Reuniu então suas últimas forças para berrar:

— Senhor, eu lhe suplico! Apareça, o senhor se enganou! Sou Vincent Moreau! O senhor se enganou! Vincent Moreau! Vincent Moreau!

Então você se lembrou da lanterna, na floresta. O pincel de luz amarela em seu rosto, e a voz, cavernosa, que dissera: é você mesmo!

Portanto, era você mesmo.

Segunda parte

O VENENO

I

RICHARD LAFARGUE levantou-se bem cedo naquela manhã de segunda-feira. Tinha um dia cheio. Ao pular da cama, deu algumas braçadas na piscina e tomou seu desjejum no jardim, aproveitando o sol matinal, ao mesmo tempo em que percorria as manchetes do dia com um olho discreto.

Roger esperava-o, ao volante do Mercedes. Antes de partir, foi cumprimentar Ève, que ainda dormia. Esbofeteou-a levemente para acordá-la. Ela ergueu-se de um salto, estupefata. O lençol deslizara e Richard observou a curva graciosa de seus seios. Com a ponta do indicador, acariciou-a, subindo da pele das vértebras ao topo da aréola.

Ela não pôde deixar de rir, pegou a mão dele e dirigiu-a para sua barriga. Richard fez menção de recuar.

Levantou-se e saiu do quarto. Na soleira da porta, voltou-se. Ève repelira completamente o lençol e lhe estendia os braços. Foi sua vez de rir.

— Brutamontes! — ela silvou. — Está morrendo de vontade!

Ele deu de ombros, girou nos calcanhares e desapareceu. Meia hora depois estava no hospital, no centro de Paris. Dirigia um centro de cirurgia plástica de fama internacional. Mas passava apenas as manhãs lá, reservando as tardes para a clínica particular de sua propriedade, em Boulogne.

Trancou-se no consultório para estudar a pauta de intervenções programada para aquele dia. Seus assistentes aguardavam-no com impaciência. Após haver se concedido um tempo para refletir, vestiu roupas esterilizadas e penetrou na sala de cirurgia.

A sala era equipada com um anfiteatro com arquibancadas, separado da mesa de operação por um vidro. Um grande número de espectadores, médicos e estudantes, aguardava; escutaram a voz de Lafargue, distorcida pelo alto-falante, expor o caso.

— Bem, temos na fronte e nas faces grandes protuberâncias queloidais; trata-se de uma queimadura por explosão de uma "chaleira química", a pirâmide nasal praticamente inexiste, as pálpebras estão destruídas, os senhores veem aqui um caso típico de tratamento por meio de fragmentos cilíndricos... Vamos fazer uso tanto da pele do braço quanto do abdome...

Com a ajuda de um bisturi, Lafargue já cortava grandes retângulos de pele da barriga do paciente. Acima dele, os rostos dos espectadores comprimiam-se no vidro. Uma hora mais tarde, ele podia mostrar um primeiro resultado: fragmentos de pele, costurados em cilindro, saíam do braço e da barriga do paciente para irem colar-se no rosto devastado pelas queimaduras. A costura dupla permitiria regenerar o revestimento facial, totalmente escalavrado.

Já retiravam o paciente operado. Lafargue tirou a máscara e concluiu as explicações.

— Nesse caso, o plano cirúrgico estava condicionado pela hierarquia das urgências. Naturalmente esse tipo de intervenção deverá ser reiterado diversas vezes antes de obtermos um resultado satisfatório.

Agradeceu ao auditório pela atenção e deixou a sala. Já passava de meio-dia. Lafargue dirigiu-se a um restaurante próximo; no caminho, seus passos toparam com uma perfumaria. Entrou para comprar um vidro de perfume, que pretendia oferecer a Ève naquela mesma noite.

Depois da refeição, Roger levou-o até Boulogne. As consultas começavam às duas da tarde. Lafargue fez com que seus pacientes desfilassem rapidamente: uma jovem mãe de família trazendo o filho com lábio leporino e uma fieira de narizes — segunda-feira era dia dos narizes: narizes quebrados, narizes proeminentes, narizes tortos... Lafargue apalpava o rosto de ambos os lados do septo nasal, mostrava fotos "antes/depois". As mulheres eram maioria, mas vinham alguns homens também.

Quando as consultas terminavam, ele trabalhava sozinho, folheando as mais recentes revistas americanas. Roger veio buscá-lo às seis. De volta ao Vésinet, bateu à porta de Ève, abriu as fechaduras. Ela estava sentada ao piano, nua, e tocava uma sonata, sem parecer perceber a presença de Richard. Estava de costas para ele, sentada no banquinho. As madeixas de seus cabelos pretos e cacheados estremeciam nos seus ombros, ela balançava a cabeça ao ferir o teclado. Ele admirava seu dorso carnudo e musculoso, as reentrâncias dos quadris, as nádegas... Subitamente, ela interrompeu a sonata, vulgar e melosa, para atacar os primeiros compassos da canção que Richard odiava. Cantarolou, com uma voz rouca, enfatizando os graves. Some day he'll come along, the Man I Love... Desferiu um acorde dissonante, interrompendo a música, e rodou o banco com um meneio do quadril. Mantinha-se sentada em frente a Richard, as coxas abertas, as mãos nos joelhos, numa pose obscena de desafio.

Durante alguns segundos ele não conseguiu desgrudar os olhos da penugem morena que dissimulava seu púbis. Ela franziu o cenho, e lentamente, abriu ainda mais as pernas e mergulhou um dedo na fenda de seu sexo, afastando os lábios e gemendo.

— Basta! — ele gritou.

Desajeitadamente, estendeu-lhe o vidro de perfume comprado de manhã. Ela mediu-o com um olhar irônico. Ele colocou o embrulho sobre o piano e atirou-lhe um penhoar ordenando-lhe que se cobrisse.

Ela se ergueu de um pulo e, toda sorrisos, aconchegou-se nele após ter repelido o penhoar. Passou os braços em volta de seu pescoço e esfregou o peito contra o torso de Richard. Ele teve que torcer seus pulsos para se desvencilhar.

— Prepare-se! — ordenou. — O dia foi magnífico. Vamos sair.

— Visto-me de puta?

Ele pulou em cima dela e, com a mão, apertou-lhe o pescoço, mantendo-a a distância. Repetiu a ordem. Ela sufocava de dor, de modo que ele teve que largá-la sem demora.

— Perdoe-me — gaguejou. — Por favor, vista-se.

Voltou ao térreo, ansioso. Decidiu acalmar-se examinando sua correspondência. Detestava ter que debruçar-se sobre os detalhes materiais da administração da casa, mas, desde a chegada de Ève, fora levado a despedir a pessoa anteriormente encarregada daqueles singelos trabalhos de secretariado.

Calculou as horas extras devidas a Roger, as próximas férias remuneradas de Line, errou no preço da hora, foi obrigado a recomeçar. Ainda estava concentrado na papelada quando Ève surgiu no salão.

Estava resplandecente, num vestido decotado de lamê preto; um colar de pérolas enfeitava seu pescoço. Debruçou-se para ele e ele reconheceu em sua pele lívida o cheiro do perfume que ele acabava de lhe dar.

Ela sorriu para ele e o pegou pelo braço. Ele instalou-se ao volante do Mercedes e rodou alguns minutos antes de entrar na floresta de Saint-Germain, apinhada de pessoas passeando, atraídas pela noite amena.

Ela caminhava a seu lado, a cabeça apoiada em seu ombro. Ficaram calados no início, depois ele lhe contou a cirurgia da manhã.

— Você me enche... — ela cantarolou.

Ele se calou, um pouco envergonhado. Ela pegou sua mão e a observava, a fisionomia divertida. Quis sentar-se num banco.

— Richard?

Ele parecia ausente, ela teve que chamar de novo. Ele foi até ela.

— Eu queria ver o mar... Há muito tempo. Eu adorava nadar, você sabe. Um dia, um só, ver o mar. Farei o que quiser, depois...

Ele sacudiu os ombros, explicou que o problema não era esse.

— Prometo que não vou fugir.

— Suas promessas não valem nada! E você já faz o que eu quero!

Ele fez um gesto de enfado, depois pediu-lhe que se calasse. Caminharam mais um pouco até a beira d'água. Jovens praticavam vela no Sena.

Ela exclamou de repente "estou com fome!" e esperou a resposta de Richard, que sugeriu levá-la para jantar num restaurante perto dali.

Instalaram-se num alpendre, um garçom veio pegar o pedido. Ela comeu com apetite; ele quase não tocava nos pratos. Ela irritou-se ao destrinchar um rabo de lagosta, e, só tendo êxito a duras penas, fez mímicas de criança. Ele não segurou o riso. Ela também riu, e os traços de Richard congelaram-se. Meu Deus, ele pensou, em certos momentos ela parece quase feliz! Isso é inacreditável, é injusto!

Ela captara a mudança de atitude de Lafargue e decidiu então explorar a situação. Fez-lhe sinal para que chegasse mais perto, e sussurrou em seu ouvido:

— Richard, escute. O garçom ali, não tira os olhos de mim desde o início do jantar. Posso me arranjar para mais tarde...

— Cale-se!

— Ora, vou até o banheiro, marco um encontro com ele, e ele me fode daqui a pouco, atrás de uma moita.

Ele se afastara dela, ela continuou a sussurrar, mais alto, zombando.

— Então não quer? Se você se esconder, poderá ver tudo, darei um jeito de me aproximar de você. Olhe para ele, está babando...

Ele soprou a fumaça do cigarro em cheio no rosto dela. Mas ela nem por isso se calou.

— Não? Sério? Apesar de tudo, era desse jeito, feito um porco, arregaçando meu vestido, que você me amava muito, no início...

"No início", com efeito, Richard levava Ève para os bosques — Vincennes ou Boulogne — e a obrigava a entregar-se aos transeuntes noturnos, observando sua degradação, escondido numa moita. Depois, com medo de uma batida policial que teria sido catastrófica, alugara o conjugado da rua Godot-de-Mauroy. Desde então, prostituía Ève a intervalos regulares duas ou três vezes por mês. Isso bastava para aplacar seu ódio.

— Hoje — ele disse —, você decidiu ser insuportável... Chego quase a sentir pena!

— Não acredito em você!

Está me provocando, ele pensou, quer que eu acredite que se instalou confortavelmente no lodaçal em que a faço viver, quer que eu acredite que sente prazer em aviltar-se...

Ela insistia no seu jogo, arriscando até mesmo uma piscadela eloquente na direção do garçom, que ficou vermelho até as orelhas.

— Venha, vamos embora! Isso já passou dos limites. Se faz tanta questão de me "dar prazer", amanhã à noite recomeçaremos com seus encontros, ou quem sabe eu lhe peço para vadiar um pouco pelas calçadas...

Ève sorriu, pegou a mão dele para não perder a compostura; sabia como aquelas fornicações tarifadas lhe eram penosas e como sofria sempre que ele a obrigava a se vender: às vezes, durante esses momentos, ele via, através do espelho sem estanho do conjugado, seus olhos marejados de lágrimas, seu rosto contorcer-se de dor contida. E regozijava-se então com aquele sofrimento que era seu único conforto...

Voltaram para a mansão do Vésinet. Ela correu para o jardim, despiu-se rapidamente e mergulhou na piscina, gritando de alegria. Espadanava-se na água, desaparecendo sob a superfície em rápidas apneias.

Quando ela saiu da piscina, ele envolveu-a numa grande toalha felpuda e esfregou-a vigorosamente. Ela deixava, contemplando as estrelas. Depois ele acompanhou-a até seus aposentos, onde, como todas as noites, ela deitou-se na esteira. Ele preparou o cachimbo, os cristaizinhos de ópio, e estendeu-lhe a droga.

— Richard — ela murmurou —, você é realmente o maior canalha que eu já conheci.

Ele zelou para que ela consumisse sua dose diária. Não precisava obrigá-la a isso, fazia tempo que ela já sentia falta...

*

Depois da sede, veio a fome. À secura da sua garganta, àquelas pedras de arestas salientes que lhe rasgavam a boca, vieram juntar-se dores profundas, difusas, em sua barriga; mãos revolvendo seu estômago, enchendo-o de fel e cãibra...

Transcorridos vários dias, oh, sim, para estar sofrendo tanto, era preciso esse tempo todo, você embolorava nessa cela. Cela? Não... agora parecia-lhe que o cômodo onde você estava confinado era bem grande, sem que você pudesse afirmá-lo com certeza. O eco de seus gritos nas paredes, seus olhos afeitos à escuridão faziam-no quase "enxergar" os muros de sua prisão.

Você delirava sem parar, ao longo das horas intermináveis. Prostrado na sua enxerga, não levantava mais. Por instantes, enfurecia-se com as correntes, mordia o metal com pequenos grunhidos de animal selvagem.

Um dia você tinha assistido a um filme, um documentário sobre caça, imagens lamentáveis de uma raposa com a pata presa numa armadilha e que roera a própria carne, arrancando-a aos nacos, até aliviar a pressão da armadilha. Só então, mutilado, o animal conseguira escapar.

Você, por sua vez, não podia morder punhos ou tornozelos. Mesmo assim eles sangravam, em virtude do incessante atrito da pele com o metal. Estava quente e inchado. Se ainda fosse capaz de pensar, você teria tido medo da gangrena, da infecção, do apodrecimento que iria invadi-lo, partindo de seus membros.

Mas você sonhava apenas com água, caudal, chuva, qualquer coisa, contanto que pudesse ser bebida. Só urinava com grande dificuldade, as dores nos rins, a cada micção, tornavam-se cada vez mais violentas. Uma longa queimadura descendo até o seu sexo, liberando algumas gotas quentes. Você espojava-se nos seus excrementos, ressequidos numa crosta sobre sua pele.

Seu sono, curiosamente, era sereno. Você dormia como uma pedra, arrasado pelo cansaço, mas o despertar era atroz; um mundo de alucinações. Criaturas monstruosas espreitavam-no no escuro, prestes a saltar sobre você, a mordê-lo. Você julgava ouvir garras arranhando o cimento, ratos esperando no escuro, espionando-o com seus olhos amarelos.

Você gritava por Alex, e esse grito não passava de um estertor. Se ele estivesse ali, teria arrancado as correntes, saberia como fazer. Alex teria encontrado uma solução, um truque de camponês. Alex! Devia estar à sua procura desde o seu desaparecimento. Desde quando? QUANDO?

E Ele apareceu. Um dia ou uma noite, impossível saber. Uma porta, ali, bem à sua frente, abriu-se. Um retângulo de luminosidade que o deixou completamente cego no início.

A porta voltou a fechar-se, mas Ele entrara, Sua presença enchia o espaço da prisão.

Você prendia a respiração, à espreita do menor ruído, acocorado junto à parede, aflito como uma barata surpreendida pela luz ofuscante. Você não passava mais senão de um inseto prisioneiro de uma aranha saciada, que o estocava como reserva para uma refeição futura. Ela o havia capturado para saboreá-lo com toda a calma, quando sentisse vontade de provar seu sangue. Você imaginava as patas cabeludas, os grandes olhos globulosos, implacáveis, a barriga flácida, empanturrada de carne, vibrante, gelatinosa, e as presas venenosas, a boca escura que ia sugar sua vida.

Bruscamente, um potente holofote cegou-o. Você estava ali, único ator no palco de sua morte próxima, paramentado para representar o último ato. Distinguia uma silhueta sentada numa poltrona, a três ou quatro metros à sua frente. Mas a contraluz do facho do holofote impedia-o de discernir os traços do monstro. Ele cruzara as pernas, juntara as mãos sob o queixo e o contemplava, inerte.

Você fez um esforço sobre-humano para soerguer-se e, de joelhos, em posição de reza, pediu para beber. As palavras entrechocavam-se na sua boca. Com os braços esticados para ele, você implorava.

Ele não se mexeu. Você balbuciou seu nome: Vincent Moreau, há um engano, cavalheiro, há um engano, sou Vincent Moreau. E perdeu os sentidos.

Quando voltou a si, ele desaparecera. Então você soube que conheceu o desespero. O holofote continuava ligado. Você examinou seu corpo, as bolhas em sua pele, cheias de pus, as estrias de sujeira, as escoriações provocadas pelas correntes, as placas de merda seca grudadas nas coxas, suas unhas descomunais.

A luz agressiva e branca fazia-o chorar. Muito tempo se passou antes que ele voltasse. Ele sentou-se novamente na poltrona à sua frente. Colocara junto aos pés um objeto que você reconheceu prontamente. Uma jarra... De água? Você estava de joelhos, de quatro, a cabeça baixa. Ele aproximou-se. De uma tacada, despejou a água da ânfora sobre sua cabeça. Você lambeu a poça, no chão. Alisou os cabelos com as mãos trêmulas para espremer a água, que você sorvia nas palmas da mão.

Ele foi buscar outra jarra, que você bebeu de um gole, avidamente. Então uma dor violenta rasgou sua barriga e você se lambuzou com um longo jato de diarreia líquida. Ele não tirava os olhos de você. Você não se voltou para a parede a fim de fugir dos olhos dele. Acocorado a seus pés, aliviou-se, feliz por ter bebido. Você não era mais nada, nada senão um animal sedento, faminto e torturado. Um animal chamado Vincent Moreau.

Ele riu, aquela risada infantil que você já ouvira antes na floresta.

Ele voltou várias vezes para lhe dar de beber. Parecia-lhe imenso, na contraluz do holofote, e sua sombra invadia o recinto, enorme e ameaçadora. Mas você não sentia mais medo, uma vez que ele lhe dava de beber; aquilo era, você achava, sinal de que ele pretendia poupar-lhe a vida.

Mais tarde, ele trouxe uma cuia de ferro, cheia de um caldo avermelhado, no qual boiavam almôndegas. Mergulhou a mão na cuia, agarrou seus cabelos para puxar sua cabeça para trás. Você comeu na mão dele, chupou seus dedos gotejantes de molho. Estava gostoso. Ele permitiu que você continuasse a refeição, deitado de bruços, a cara mergulhada pela metade na cuia. Você não deixou nada da gororoba que seu amo acabava de lhe dar.

Passaram-se dias, o caldo continuou o mesmo. Ele vinha até sua prisão, dava-lhe a cuia e a jarra e observava-o empanturrar-se. Depois ia embora, sempre rindo.

Pouco a pouco você recuperava as forças. Economizava um pouco da água para se lavar e fazia suas necessidades no mesmo lugar, à direita do oleado.

A esperança voltara, insidiosamente: o amo zelava por você...

*

Alex teve um sobressalto violento. Um ronco de motor acabava de perturbar o silêncio da charneca. Ele consultou seu relógio: sete horas. Bocejou, a boca pastosa, a língua engrossada pelo álcool — cerveja, depois gim — ingurgitado durante a noite a fim de pegar no sono.

Pegou o binóculo e o apontou para a estrada. A família de turistas holandeses amontoara-se toda num land-rover, as crianças carregavam pazinhas e puçás...

Um dia na praia em perspectiva. A jovem mãe de família estava de biquíni e seus seios volumosos esticavam o tecido fino da parte de cima. Alex sofria uma ereção matinal... Há quanto tempo não tinha mulher? Pelo menos seis semanas? Sim, a última fora uma camponesinha. Já ia longe.

Chamava-se Annie, uma colega de infância. Ele a revia, com seu cabelo ruivo, suas tranças, no pátio da escola. Numa outra vida, quase esquecida, a de Alex campônio, Alex caipira. Pouco antes de assaltar o banco, fizera uma visita a seus pais, os dois sempre provincianos!

Era uma tarde chuvosa, ele entrara no pátio da fazenda no seu Ford com o motor ronronando. Seu pai esperava-o na escada da entrada. Alex sentia orgulho de suas roupas, de seus sapatos, de sua indumentária de homem novo, livre do cheiro importuno da terra.

O pai mostrou-se um pouco contrariado. Não era uma profissão decente, bancar o leão de chácara nas casas noturnas. Mas devia pagar bem: seu filho estava tão bonito! E suas mãos, com as unhas tratadas, deixaram seu pai de queixo caído. Abrira-se num sorriso acolhedor.

Sentaram-se ambos, face a face, no salão. O pai pegara o pão, o salame, o patê e o litro de tinto e começara a comer. Alex contentara-se em acender um cigarro, desprezando o vinho servido num pote de mostarda. A mãe contemplava-os, de pé, em silêncio. Havia também Louis e René, os meninos da fazenda. Qual era o assunto de sua conversa? O tempo que estava fazendo, o tempo que ia fazer? Alex levantou-se e foi bater afetuosamente no ombro do pai, antes de sair para a rua principal do vilarejo. Nas janelas das casas, as cortinas mexiam-se furtivamente: na sombra, espreitava-se a passagem do vigarista, do filho dos Barny...

Alex entrou no Café des Sports e, para chocar a clientela, ofereceu uma rodada geral. Uns velhos jogavam cartas, batendo com as mãos na mesa para abaixar seu jogo, e dois ou três moleques digladiavam-se num fliperama. Alex estava orgulhoso de seu sucesso. Apertou mãos, bebeu um trago à saúde de todos.

Na rua, cruzou com a Sra. Moreau, mãe de Vincent. Antes era uma bela mulher, alta, esguia, alinhada. Porém, depois do desaparecimento do filho, encolheu, encarquilhou, passou a se vestir com descuido. Com a coluna arqueada, o passo arrastado, fazia suas compras na Cooperativa.

Ela não deixava de fazer sua visita ritual e semanal à delegacia de Meaux, para indagar em que pé estavam as buscas pelo filho. Fazia quatro anos que não havia mais esperança. Publicara anúncios, com a foto de Vincent, em diversos jornais, sem resultado. Os policiais lhe haviam dito: ocorriam milhares de desaparecimentos na França todos os anos e em geral ninguém era encontrado. A motocicleta de Vincent estava na garagem, os policiais haviam-na devolvido depois da perícia. As impressões digitais eram de Vincent. O veículo fora encontrado caída sobre um monte de terra, a roda da frente empenada, sem gasolina... Não haviam descoberto nenhum indício na mata...

Alex passara a noite na aldeia. Haveria um baile, era sábado. Annie estava lá, sempre ruivíssima, um tanto rechonchuda; trabalhava na fábrica de feijões, na aldeia vizinha... Alex dançara uma música lenta com ela, antes de levá-la para o bosque mais próximo. Haviam feito amor no carro, deitados desconfortavelmente nos assentos reclináveis.

No dia seguinte, Alex partira, após ter beijado os velhos. Uma semana depois assaltava a agência do Crédit Agricole e matava o policial. Na aldeia, todo mundo devia ter guardado o jornal com a foto de Alex na primeira página e a do policial em família.

Alex desfez o curativo; a cicatriz estava quente, os contornos do ferimento, vermelho-escuro. Polvilhou a coxa com o talco que seu colega lhe dera e depois refez o curativo apertando bem forte a compressa, depois de havê-la trocado.

Seu pau continuava duro, quase chegando a doer também. Furiosamente, masturbou-se pensando em Annie. Nunca tivera muitas garotas. Tinha que pagar por elas. Quando Vincent ainda estava na área, tudo corria melhor. Vincent conquistava uma penca de fulaninhas. Ambos iam frequentemente ao baile. Vincent dançava, convidava todas as garotas das redondezas. Alex instalava-se no bar e bebia cerveja. Observava Vincent operar. Vincent sorria o seu belo sorriso para as garotas. Teria sido absolvido sem confissão. Havia um meneio da cabeça, simpático, uma espécie de convocação, e suas mãos corriam ao longo das costas delas, desde os quadris até os ombros, acariciadoras. Levava-as então até o bar para apresentá-las a Alex.

Quando dava tudo certo, Alex assumia o posto de Vincent, mas nem sempre a coisa funcionava. Algumas teimavam em bancar as santinhas. Não queriam Alex, forte demais, peludo como um urso, atarracado, sólido... Não, preferiam Vincent, franzino e glabro, frágil. Vincent e seu rostinho bonito!

Alex masturbava-se, perdido em suas lembranças. Sua memória, vacilante e diligente, fazia-o ver, num desfile acelerado, todas as garotas que eles haviam dividido dessa maneira. E Vincent, pensava, Vincent, aquele patife, me abandonou; talvez esteja na América, esbaldando-se com estrelas de cinema!

Uma fotografia de mulher nua — uma estampa de calendário — enfeitava a parede caiada, ao lado da cama. Alex fechou os olhos, e o esperma escorreu pela sua mão, quente e cremoso. Limpou-se com uma toalha e desceu até a cozinha para preparar um café bem forte. Enquanto a água esquentava, pôs a cabeça debaixo da torneira afastando as pilhas de pratos sujos que atulhavam a pia.

Esvaziou lentamente a cumbuca fumegante, mastigando um resto de sanduíche. Do lado de fora, o calor era sufocante, o sol já ia alto. Alex ligou o rádio, RTL, para escutar os jogos e "La Valise", com Drucker*. Não dava a mínima para "La Valise", mas era divertido ouvir aqueles figurões que não sabiam responder à pergunta, perdendo assim o dinheiro prometido e cobiçado.

Não dava a mínima porque não perdera o dinheiro. Em sua valise — não era uma valise, mas uma bolsa — havia 4 milhões. Uma fortuna. Ele contara e recontara os maços, as cédulas estalando de novas. Na enciclopédia, pesquisara quem eram aquelas pessoas com o rosto desenhado nas cédulas. Voltaire, Pascal, Berlioz, bizarro ter sua foto numa cédula; tornar-se você mesmo um pedacinho de dinheiro, de certa forma!

Deitou-se no sofá e voltou a seu jogo, um quebra-cabeça de mais de 2 mil peças. Um castelo da Touraine, Langeais. Estava prestes a terminar. No sótão, no primeiro dia, encontrara vários kits de maquetes Heller. Com cola, tinta e decalques, fabricara Stukas, Spitfire, um automóvel também: um Hispano Suiza 1925. Estavam ali, no assoalho, instalados em seu suporte de plástico, pintados com esmero. Em seguida, como não havia mais maquetes, Alex construíra a fazenda de seus pais, os dois sobrados, as dependências, o portão... Os palitos de fósforo colados uns nos outros formavam uma réplica

---

*Michel Drucker, conhecido apresentador da televisão francesa, comandava o programa de variedades e prêmios "La Valise" na rádio RTF. (*N. do T.*)

canhestra, ingênua e comovente. Só faltava o trator: Alex recortou um pedaço de papelão. Depois, vasculhando melhor o sótão, encontrara o quebra-cabeça.

O sítio onde ele estava entocado pertencia a um colega seu, que ele conhecera na boate da qual fazia a segurança. Era possível passar ali várias semanas, sem temer a visita intempestiva de um eventual vizinho curioso. Seu colega também lhe fornecera uma carteira de identidade, mas o rosto de Alex, agora conhecido, devia estar afixado em todos os comissariados da França, com uma menção especial. Policiais detestam que matem um deles.

As peças do quebra-cabeça recusavam-se obstinadamente a se encaixar umas nas outras. Era uma nesga de céu, inteiramente azul, bem difícil de reconstituir. As torrezinhas do castelo, a ponte levadiça, tudo isso era fácil, mas e o céu? Vazio e sereno, enganador... Alex ficou nervoso, misturando desajeitadamente as peças, recomeçando incessantemente sua montagem antes de destruí-la.

No assoalho, bem perto da placa de madeira sobre a qual ele instalara o jogo, passeava uma aranha. Uma aranha bojuda, repugnante, que escolheu um canto da parede e começou a tecer sua teia. O fio corria regularmente de seu volumoso abdome. Ela ia e vinha, alerta e trabalhadora. Com um palito de fósforo, Alex queimou o pedaço de teia que ela acabava de fabricar.

A aranha entrou em pânico, observando os arredores, espreitando a chegada de um eventual inimigo, depois, como o conceito de palito de fósforo não estava inscrito em seus genes, voltou ao trabalho.

Infatigável, tecia, atando seu fio, amarrando-o nas asperezas da parede, utilizando cada lasca da madeira. Alex recolheu um cadáver de mosquito no assoalho e atirou-o na teia novinha em folha. A aranha precipitou-se, girou ao redor do intruso, mas desdenhou-o. Alex compreendeu a razão daquela indiferença: o mosquito estava morto. Capengando, saiu pela escada da entrada, e, delicadamente, capturou uma mariposa escondida sob uma telha. Atirou-a na teia.

Grudada nos fios, a mariposa debatia-se. A aranha reapareceu prontamente, e, com suas patas grossas, revirou a presa antes de tecer um casulo, aprisionando o inseto para guardá-lo numa anfractuosidade da parede, planejando um festim futuro.

*

Ève estava sentada em frente à penteadeira e mirava-se no espelho. Um rosto infantil, com grandes olhos tristes, amendoados. Roçou o indicador na pele do maxilar, constatou a dureza do osso, a ponta do queixo, o relevo dos dentes através da massa carnuda dos lábios. As maçãs do rosto eram salientes, o nariz, arrebitado, um nariz de curva perfeita, delicadamente torneado.

Girou levemente a cabeça, reclinou o espelho, espantou-se com aquela expressão estranha suscitada por sua imagem. Um excesso de perfeição, uma sensação de mal-estar fruto daquela beleza tão resplandecente. Nunca vira homem nenhum resistir a seus encantos, permanecer indiferente a seu olhar. Não, homem nenhum era capaz de desvendar seu mistério: uma aura indefinível que acompanhava cada um de seus gestos, cobrindo-os com uma nuvem de dubiedade sobrenatural. Atraía todos para ela, magnetizando sua atenção, despertando seu desejo, brincando com sua perturbação assim que se achavam em sua presença.

A evidência dessa sedução invadia-a com uma quietude ambivalente: gostaria de repeli-los, escorraçá-los, dissociá-los de si, dar nojo, e, no entanto, o fascínio que exercia à revelia era sua única vingança; vã em sua infalibilidade.

Maquiou-se, depois tirou o cavalete de pintura do estojo, espalhou as tintas, os pincéis e voltou a trabalhar na tela já esboçada. Tratava-se de um retrato de Richard, pesadão e grosseiro. Havia-o representado sentado num banquinho alto de bar, as coxas afastadas, travestido de mulher, piteira nos lábios, num vestido cor-de-rosa, as pernas ataviadas com ligas e meias pretas; sapatos de salto apertavam-lhe os pés...

Sorria candidamente, a expressão um tanto estúpida. Seus seios, falsos e ridículos, acolchoados em trapos de pano, pendiam lamentavelmente sobre sua barriga flácida. Seu rosto, pintado com uma precisão maníaca, era marcado pela acne... Vendo a tela, era possível imaginar a voz do personagem grotesco, ridículo, uma voz rascante, velada, voz de puta velha...

*

Não, seu amo não o matou, mas depois você lamentou por isso. Estava sendo mais bem tratado agora. Ele vinha dar-lhe banhos de ducha a jato. Esguichava-lhe água quente de uma mangueira, fornecendo-lhe inclusive um pedaço de sabonete.

O holofote ficava permanentemente ligado. Você havia trocado a noite por um dia ofuscante, um dia artificial, frio, interminável.

O amo fazia-lhe visitas que duravam horas, sentando-se numa poltrona, perto de você, e escrutando o menor de seus gestos.

No início dessas sessões "de observação", você não se atrevia a falar nada, com medo de despertar sua cólera, de que a noite, a sede e a fome viessem castigá-lo novamente por aquele deslize cuja natureza você continuava a ignorar e que convinha, parecia-lhe, expiar.

Passado um tempo, você ganhou coragem. Timidamente, perguntou a data, e soube há quanto tempo estava confinado naquele lugar. Ele lhe respondeu, sem rodeios, sorrindo: 23 de outubro... Era prisioneiro há mais de dois meses. Dois meses aqui, com fome, sede, e quanto tempo comendo com as mãos, lambendo a cuia instalada a seus pés, tomando banhos de esguicho...

Você chorou, perguntou por que ele fazia aquilo tudo com você. Dessa vez, ele ficou mudo. Você fitava seu rosto impenetrável, coroado de cabelos brancos, um rosto do qual emanava certa nobreza, um rosto que, talvez, você já tivesse visto em algum lugar.

Ele entrava na sua prisão e ali quedava-se, sentado, impassível. Desaparecia para voltar mais tarde. Os pesadelos que você tinha no início da detenção não lhe davam sossego. Talvez ele dissolvesse calmantes na gororoba. Claro, a angústia continuava, mas deslocara-se: você tinha certeza de que continuaria vivo, senão, pensava, ele já o teria matado... O objetivo dele não era angustiá-lo, depauperá-lo, encarquilhá-lo até a morte. Ele era diferente.

Decorrido um certo tempo, o ritual das refeições também foi modificado. O amo instalava à sua frente uma mesa dobrável e um banquinho. Dava-lhe um garfo e uma faca de plástico, como as utilizadas nos aviões. Um prato substituiu a cuia. E autênticas refeições não demoraram a se seguir: frutas, legumes, queijos. Você tinha um prazer intenso em comer, repassando as lembranças dos primeiros dias...

Você continuava acorrentado, mas o amo cuidava das irritações provocadas pelo atrito do metal em seus pulsos. Você besuntava as feridas com uma pomada e ele prendia uma atadura elástica sobre sua pele, sob o bracelete de ferro.

Tudo corria melhor, mas ele não falava nada. Você, por sua vez, contava sua vida. Ele escutava, interessadíssimo. Você não conseguia suportar seu silêncio. Precisava falar, repetir as histórias, os casos de sua infância, degradar-se com palavras a fim de se provar, de lhe provar, que não era um animal!

Mais tarde, seu regime alimentar melhorou de uma hora para outra. Você tinha direito ao vinho e a pratos refinados, que ele devia pedir de um restaurante. A louça era luxuosa. Acorrentado na parede, nu em seu banquinho, você se empanturrava de caviar, salmão, sorvetes e tortas.

Ele sentava-se ao seu lado, servindo os pratos. Trazia um toca-fitas e você escutava Chopin, Liszt.

Quanto ao capítulo humilhante das suas necessidades, ele também mostrara-se mais humano nesse aspecto. Um balde higiênico estava à sua disposição, ao alcance da mão.

Um dia, finalmente, ele permitiu que você deixasse a parede em determinadas horas. Soltava as correntes e o passeava pelo porão, mantendo-o na coleira. Você girava em círculos, num passo lento, em torno do holofote.

Para que o tempo passasse mais rápido, o amo chegou com livros. Os clássicos: Balzac, Stendhal... No liceu, você detestava, mas aqui, sozinho no seu buraco, você devorou essas obras, sentado com as pernas cruzadas na enxerga de lona ou acotovelado na mesa dobrável.

Pouco a pouco seus lazeres expandiram-se. O amo zelava para diversificar os entretenimentos. Uma vitrola, discos, um jogo de xadrez eletrônico, até o tempo passava rápido. Ele regulara a intensidade do holofote para que a luz não o cegasse mais. Um pedaço de pano peneirava o brilho do spot, e o porão enchia-se de sombras: a sua, multiplicada.

Com todas essas mudanças, diante da ausência de brutalidade por parte do amo, daquele luxo que gradativamente vinha aliviar sua solidão, você esquecera ou pelo menos ocultara seu medo. Sua nudez e as correntes que o tolhiam pareciam despropositadas.

E os passeios de coleira continuavam. Você era um animal culto, inteligente. Sofria lapsos de memória, em certos momentos sentia de maneira aguda a irrealidade da situação, seu lado absurdo. Sim, você ardia de vontade de interrogar o amo, mas ele não encorajava perguntas, limitando-se a se preocupar com seu conforto. O que desejaria para jantar, gostava daquele disco?

Onde estavam a aldeia, sua mãe? Será que estavam à sua procura? Os rostos de seus amigos emaciavam-se em suas lembranças para se derreterem numa cerração densa. Você não conseguia mais se lembrar dos traços de Alex, da cor de seus cabelos... Você falava em voz alta, sozinho, pegava-se cantando melodias infantis, seu passado distante voltava em lufadas violentas e confusas; imagens de sua infância havia muito esquecidas ressurgiam de repente, espantosamente nítidas, para sumirem por sua vez numa bruma difusa. O tempo dilatava-se, comprimia-se, você não sabia mais: um minuto, duas horas, dez anos?

O amo percebeu esse mal-estar e, para represá-lo, deu-lhe um despertador. Você contou as horas, assistindo deleitado à corrida dos ponteiros. O tempo era fictício: eram dez da manhã ou dez da noite, terça ou domingo? Isso não tinha importância, você podia organizar novamente sua vida, ao meio-dia tenho fome, à meia-noite sono. Um ritmo, alguma coisa a que se agarrar.

Passaram-se várias semanas. Nos presentes do amo você descobriu um bloco de papel, lápis, uma borracha. Desenhou, sem jeito no início, depois seu antigo talento voltou. Esboçava retratos sem rosto, bocas, paisagens caóticas, o mar, penhascos imensos, uma mão gigantesca da qual saíam ondas. Você prendia os desenhos com durex na parede, para esquecer o cimento nu.

Mentalmente, você dera um nome a seu amo. Não se atrevia a usá-lo em sua presença, naturalmente. Chamava-o de "Tarântula", em alusão a seus terrores passados. Tarântula, um nome de ressonância feminina, um nome de animal repugnante que não combinava com o sexo dele nem com a extrema sofisticação de que ele dava mostra na escolha de seus presentes...

Mas Tarântula porque ele era como a aranha, lenta e secreta, cruel e feroz, ávida e imponderável em seus desígnios, escondido em algum lugar naquele covil onde o mantinha sequestrado há meses, uma teia de luxo, uma armadilha dourada, de que você era carcereiro e detento.

Você desistira de chorar, de se lamentar. Em termos materiais, sua vida nova nada mais tinha de penoso. Nessa época do ano — fevereiro? março? — você deveria estar no liceu, no último ano, mas ali jazia, cativo naquele cubo de cimento. E a nudez tornara-se um hábito. O pudor extinguira-se. Apenas as correntes eram insuportáveis.

Foi provavelmente no decorrer de maio, a crer em sua conta pessoal, mas talvez houvesse sido antes, que se produziu um acontecimento estranho.

Quando você acordou, eram duas e meia. Tarântula desceu para visitá-lo. Sentou-se na poltrona, como de costume, para observá-lo. Você desenhava. Ele se levantou, foi até você. Você se levantou para encará-lo, de pé.

Seus dois rostos quase se tocavam. Você via seus olhos azuis, únicos elementos móveis numa face impenetrável, congelada. Tarântula ergueu a mão para colocá-la em seu ombro. Com os dedos trêmulos, subiu ao longo do pescoço. Apalpou suas faces, seu nariz, beliscando delicadamente sua pele.

Seu coração deu o alerta. A mão dele, quente, desceu de novo até o peito, tornara-se macia e ágil para correr sobre suas vértebras, sua barriga. Ele tateava seus músculos, sua pele lisa e glabra. Você se enganou quanto ao sentido de seus gestos. Meio sem-jeito, esboçou uma carícia, por sua vez, no rosto dele. Tarântula esbofeteou-o violentamente, rangendo os dentes. Ordenou que você se virasse e seu exame prosseguiu, metodicamente, durante vários minutos.

Quando aquilo terminou, você se sentou, massageando a face ainda quente da bofetada que ele lhe dera. Ele balançou a cabeça, rindo, e passou a mão nos seus cabelos. Você sorriu.

Tarântula saiu. Você não sabia o que pensar desse novo contato, verdadeira revolução no relacionamento de vocês. Mas esse esforço de reflexão era angustiante e teria exigido um dispêndio de energia mental de que você não dispunha fazia tempo.

Você retomou seu desenho, sem pensar em mais nada.

II

ALEX DESISTIRA DO quebra-cabeça. Saíra para o jardim e esculpia um pedaço de lenha, uma raiz de oliveira. A faca erodia o bloco ressequido, modelando aos poucos, talho após talho, uma forma esquisita mas cada vez mais precisa, a de um corpo de mulher. Ele usava um chapelão de palha para se proteger do sol. Com uma cerveja na mão, esquecia-se do ferimento, absorto naquele trabalho minucioso. Alex, pela primeira vez em muito tempo, relaxava.

A campainha do telefone provocou-lhe um violento sobressalto. Quase se feriu com a ponta de sua Opinel, deixou cair a raiz de oliveira e ficou escutando, paralisado. A campainha continuava. Incrédulo. Alex correu até a casa e se plantou diante do aparelho, os braços pendidos: quem podia saber que ele estava ali?

Pegou seu revólver, o colt que subtraíra do cadáver do policial após tê-lo abatido. A arma era mais sofisticada que a dele... Trêmulo, engatilhou. Talvez fosse um comerciante do lugarejo, alguém da companhia telefônica, alguma coisa inofensiva, ou melhor: um engano! Conhecia a voz. Era do ex-legionário em cujo sítio ele se refugiara depois do assalto à agência do Crédit Agricole. Em troca de uma soma nada desprezível, o sujeito virara-se para cuidar de Alex. Não houvera necessidade de extrair a bala, que saíra atrás da coxa após haver atravessado o quadríceps. Ele fornecera os antibióticos e as bandagens. Uma sutura improvisada do buraco: Alex sofrera, mas o legionário jurara que sua experiência permitia que ele dispensasse os serviços de um médico! Além do mais, Alex, perseguido pela polícia, não tinha escapatória: uma consulta de acordo com as normas num serviço hospitalar estava fora de cogitação.

A conversa foi breve, atropelada: o dono do sítio acabava de ser detido num sinistro caso de prostituição e era de se temer um inquérito em regra nas horas seguintes. Alex tinha que fugir o mais rápido possível...

Concordou, balbuciando novos agradecimentos. Seu interlocutor desligou. Alex girou em círculo, o colt na mão. Soluçava de fúria. Ia começar tudo de novo... A fuga, a perseguição, o terror da captura, o medo à visão de um quepe.

Arrumou suas coisas às pressas, passando o dinheiro para uma mala. Vestiu um terno de algodão encontrado num armário. Ficou um pouco folgado, mas que importância tinha isso? O curativo na coxa formava uma protuberância sob o tecido. De barba feita, enfiou uma bolsa no porta-malas do carro. Algumas roupas sobressalentes, artigos de higiene. A descrição do veículo, caso estivesse tudo correndo bem, ainda não devia constar das fichas policiais. Tratava-se de um CX alugado, reservado por um mês pelo legionário, que afirmara estar tudo em ordem desse ponto de vista.

Com o colt guardado no porta-luvas, Alex arrancou, deixando escancarado o portão da grade que cercava o sítio. Na estrada, cruzou com a família holandesa voltando da praia.

As vias principais regurgitavam de carros de turistas e policiais emboscados atrás das moitas espreitando eventuais contraventores.

Alex suava em bicas. Seus documentos falsos não resistiriam a um exame minimamente sério, uma vez que sua fotografia constava dos arquivos da polícia.

Precisava voltar a Paris sem demora. Lá, seria mais fácil encontrar outro esconderijo, enquanto esperava a tenacidade policial se acalmar e seu ferimento terminar de cicatrizar. Depois, teria que arranjar um jeito de deixar o país sem ser detido na fronteira. Ir para onde? Alex ignorava... Lembrava-se das conversas furtivas quando encontrava seus "amigos". Parece que a América Latina é um lugar seguro. Mas era preciso desconfiar de todo mundo. Sua fortuna podia atrair muita gente: enfraquecido, ferido, em pânico, arrastado numa aventura além de suas possibilidades, pressentia confusamente que o futuro poderia muito bem não ser cor-de-rosa.

Ficava aterrorizado só de pensar na cadeia. Aquele dia em que Vincent o arrastara até o Tribunal de Justiça de Paris para assistir a um julgamento era uma de suas lembranças mais angustiantes, que o perseguia implacavelmente: o réu erguera-se no locutório ao anúncio do veredito e soltara um longo uivo de dor ao ouvir a sentença. Alex revia aquele rosto em seus pesadelos, um rosto contorcido pelo sofrimento e a incredulidade. Jurou reservar uma bala para si mesmo, no caso de vir a ser preso.

Chegou a Paris por estradinhas secundárias, evitando as autoestradas e as grandes artérias decerto esquadrinhadas pelos policiais naquele período de férias.

Não contava senão com uma base: o ex-legionário — agora administrador de uma empresa de segurança privada — que já o socorrera por ocasião de sua evasão desesperada consecutiva ao fiasco do banco. Alex não tinha ilusão alguma quanto ao desinteresse do seu salvador: ele estava de olho na grana, mas não tinha pressa de resgatá-la. Se as coisas se arranjassem para Alex, se as cédulas fossem negociáveis, tudo se tornava possível...

O ex-legionário sabia que Alex estava à sua mercê, tanto em função das sequelas do ferimento como de sua partida para o estrangeiro. Perdido em sua nova vida, Alex não atravessaria a fronteira para atirar-se às cegas nas garras da Interpol...

Não mantinha contato com nenhuma quadrilha internacional que oferecesse as garantias de segurança necessárias. E via chegar o momento em que seu mentor anunciaria a tarifa para um desaparecimento limpo, um passaporte admissível e uma destinação tranquila e discreta: uma alta percentagem do butim do assalto!

Alex alimentava um ódio sumário por todas as pessoas à vontade em suas roupas de grife, elegantes, que sabiam como dirigir-se às mulheres: ele continuara um campônio, um caipira fácil de manipular.

Terminou numa casinha de subúrbio, em Livry-Gargan, numa das zonas residenciais de Seine-Saint-Denis. Instalado, o legionário ordenou que ele não se mexesse, e Alex, como na sua chegada ao sítio, encontrou uma geladeira cheia até em cima, uma cama, um aparelho de telefone.

Instalou-se o mais confortavelmente que pôde, utilizando apenas um único cômodo. As casas vizinhas estavam em parte desocupadas – à espera de locatários – ou eram habitadas por bancários de vida pacata, que acordavam cedinho e retornavam apenas ao anoitecer. E não era só isso, o verão despovoara o subúrbio desde o início do mês de agosto. Alex pôs-se à vontade, resserenado pelo vazio circundante. O legionário insistiu para que ele permanecesse confinado. Ele mesmo estava de partida para o estrangeiro por algumas semanas. Só veria seu protegido de novo na volta. Que Alex, portanto, ficasse tranquilo esperando setembro. Televisão, preparação de pratos congelados, sestas e paciências, eram estas suas únicas ocupações...

III

RICHARD LAFARGUE recebia o representante de uma indústria farmacêutica japonesa que aperfeiçoara um novo tipo de silicone utilizado corriqueiramente em cirurgia plástica na correção de seios. Escutava atentamente o burocratazinho gabando seu produto, segundo ele mais fácil de injetar, mais manipulável... O consultório de Lafargue estava atulhado de dossiês de intervenções cirúrgicas, as paredes "enfeitadas" com fotos de plásticas bem-sucedidas... O japonês agitava-se ao falar.

Telefone para Richard. Seu rosto ficou taciturno, sua voz, abafada e trêmula. Agradeceu ao interlocutor pela chamada, depois desculpou-se junto ao representante, que foi obrigado a despachar. Marcaram um novo encontro, para o dia seguinte.

Lafargue tirou o jaleco e correu até o carro. Roger esperava-o, mas ele mandou-o para casa, preferindo dirigir sozinho.

Em alta velocidade, pegou a marginal e saiu no trecho da autoestrada para a Normandia. Colava nos outros, buzinando furiosamente quando um carro não se alinhava a tempo na pista da direita quando ele queria ultrapassá-lo. Levou menos de três horas para chegar à instituição psiquiátrica onde Viviane residia.

Ao chegar ao castelo, pulou para fora do Mercedes e subiu os degraus que levavam à recepção. A recepcionista foi chamar o psiquiatra responsável pelo tratamento de Viviane.

Em sua companhia, Richard subiu no elevador e viu-se diante da porta do quarto. O psiquiatra esboçou um gesto para lhe apontar a gradezinha de plástico.

Viviane estava em crise. Rasgara o camisolão e esperneava gritando, arranhando o corpo, já marcado por riscas de sangue.

— Desde quando? — sussurrou Richard.

— Esta manhã... Aplicamos uma injeção de calmantes, que não deveriam demorar a agir.

— Não... não convém deixá-la desse jeito. Dobre a dose, coitada...

Suas mãos tremiam convulsivamente. Apoiou-se na porta do quarto e recostou nela a cabeça, mordendo o lábio superior.

— Viviane, minha querida... Viviane... Abra, vou entrar.

— Não é aconselhável: a visão de outra pessoa ainda a deixa nervosa — arriscou o psiquiatra.

Esgotada, arfante, acocorada num canto do quarto, Viviane escalavrava a face com suas unhas não obstante curtas, fazendo sangrar. Richard entrou, foi sentar-se na cama e, quase murmurando, chamou pelo seu nome. Ela começou a berrar, mas parou de se agitar. Estava ofegante, e seus olhos loucos revolviam-se em todas as direções, arreganhava os lábios, silvava por entre os dentes. Pouco a pouco, acalmou-se, mas permaneceu consciente. Sua respiração tornou-se mais regular, menos espasmódica. Lafargue pôde pegá-la em seus braços para deitá-la novamente. Sentado a seu lado, segurava-lhe a mão, acariciava-lhe a testa, beijava-lhe as faces. O psiquiatra mantinha-se na entrada do quarto, as mãos nos bolsos do jaleco. Aproximou-se de Richard, pegou-o pelo braço.

— Venha — disse ele —, temos que deixá-la sozinha

Desceram de novo para o térreo e, lado a lado, deram algumas voltas pelo parque.

— É terrível... — balbuciava Lafargue.

— Pois é... O senhor não deveria vir tantas vezes; isso não adianta nada e o senhor sofre...

— Não... Preciso... Tenho que vir!

O psiquiatra balançou a cabeça, não compreendendo a obstinação de Richard em assistir àquele triste espetáculo.

— Sim... — teimava Lafargue — nunca deixarei de vir! Avise-me, por favor...

Sua voz estava apagada, chorava. Apertou a mão do médico e encaminhou-se para o carro.

*

Richard pisou ainda mais fundo na volta para a mansão do Vésinet. A imagem de Viviane o perseguia. Uma santa de corpo fustigado e conspurcado: um pesadelo real que lhe torturava a memória... Viviane! Tudo começara com um longo uivo, cobrindo a música da orquestra, e Viviane aparecera, as roupas rasgadas, as coxas gotejando sangue, os olhos esbugalhados...

Line estava de folga. Lá em cima, no primeiro andar, ele ouviu o piano. Caiu na gargalhada, foi colar a boca no interfone, e, a plenos pulmões, berrou:

— Boa-noite! Prepare-se, você vai me distrair! — gritou.

As caixas de som embutidas na divisória da alcova vibraram poderosamente. Ele pusera o som no máximo. A estridência era insuportável. Ève engasgou de surpresa. Aquela sonorização maldita permanecia a única perversão de Lafargue à qual ela não se acostumara.

Encontrou-a prostrada sobre o piano, as mãos tapando os ouvidos ainda doloridos. Ele mantinha-se na soleira da porta, um sorriso radioso nos lábios, uma dose dupla de scotch na mão.

Ela voltou-se para ele, horrorizada. Conhecia o significado daquelas explosões, que o levavam a irromper daquele jeito: há um ano, Viviane tivera três crises nervosas e de automutilação. Richard, ferido na carne, não podia aguentar aquilo. Tinha que compensar a dor. Ève não existia senão para cumprir aquela missão.

— Tudo pronto, piranha!

Estendeu-lhe o copo de scotch, e, diante de sua reticência em pegá-lo, agarrou seus cabelos para torcer sua cabeça para trás. Ève foi obrigada a engolir o copo de um trago. Pegou-a então pelo pulso, arrastou-a até o térreo e atirou-a dentro do carro.

Eram oito da noite quando entraram no conjugado da rua Godot-de-Mauroy. Ele despachou-a para a cama com um pontapé nas costas.

— Dispa-se, rápido!

Ève ficou nua. Ele abrira o armário e tirava as roupas, jogando-as emboladas no carpete. Diante dele, ela chorava baixinho. Ele estendeu-lhe a saia de couro, o corpete, as botas. Ela vestiu-se. Ele apontou-lhe o telefone.

— Ligue para Varneroy!

Ève fez um movimento de recuo, deu um soluço de asco, mas o olhar de Richard era terrível, demoníaco; foi obrigada a pegar o aparelho e discar o número.

Após um momento de espera, Varneroy respondeu. Reconheceu imediatamente a voz de Ève. Richard mantinha-se atrás dela, preparado para bater.

— Querida Ève — grasnou a voz nasalada —, está recuperada do nosso último encontro? E precisa de dinheiro? Que amável de sua parte recorrer a este velho Varneroy!

Ève marcou um encontro. Alegre, ele anunciou sua chegada em menos de meia hora. Varneroy era um desequilibrado que Ève "capturara" uma noite, no bulevar des Capucines na época em que Richard ainda a obrigava a recrutar seus clientes na calçada. Desde então, estes eram suficientemente numerosos para compor a sessão bimensal exigida por Lafargue; e, dentre os que telefonavam para o conjugado, Richard podia selecionar com que satisfazer sua necessidade de aviltar a jovem.

— Trate de comportar-se à altura... — troçou.

Saiu, batendo a porta. Ela sabia que agora ele a espreitava, do outro lado do espelho sem estanho.

O tratamento que Varneroy lhe infligia não permitia uma sucessão de visitas em intervalos muito próximos. Ève então só lhe telefonava na esteira dos surtos de Viviane. Varneroy aceitava plenamente as reticências da jovem, e, diversas vezes despachado depois de seus sôfregos telefonemas, resignara-se a deixar um número onde Ève pudesse encontrá-lo quando disposta a se entregar a seus caprichos.

Varneroy chegou todo lampeiro. Era um homenzinho cor-de-rosa, gago e bem-vestido, afável. Tirou o chapéu, arrumou cuidadosamente o casaco e beijou Ève nas duas faces antes de abrir a sacola com o chicote.

Richard assistia à encenação, satisfeito, as mãos crispadas nos braços da poltrona giratória, o rosto estremecido por tiques.

Sob a supervisão de Varneroy, Ève executava um grotesco passo de dança. O chicote estalou. Richard batia palmas. Ria às gargalhadas, mas, subitamente nauseado, não conseguiu suportar mais o espetáculo. O sofrimento de Ève, que lhe pertencia, cujo destino ele modelara, encheu-o de asco e piedade. A expressão trocista de Varneroy traumatizou-o tão violentamente que ele deu um pulo e irrompeu no conjugado vizinho.

Estupefato com aquela aparição, Varneroy ficou boquiaberto, os braços erguidos. Lafargue arrancou-lhe o chicote, agarrou-o pela gola e expulsou-o para o corredor. O louco encarquilhava os olhos, sem entender nada, e, mudo de surpresa, degringolou pelas escadas sem pedir o troco.

Richard e Ève ficaram a sós. Ela caíra de joelhos. Richard ajudou-a a levantar-se e a lavar-se. Ela enfiou a camiseta e o jeans que usava quando ele a surpreendera berrando no interfone.

Sem uma palavra, ele levou-a de volta à mansão e despiu-a antes de deitá-la na cama. Com gestos bem lentos e cautelosos, passou pomada em suas feridas e preparou-lhe um chá bem quente.

Mantinha-a junto a si, levando seus lábios à xícara, que ela bebia em pequenos goles. Depois trouxe o lençol para o seu peito, acariciou seus cabelos. Um sonífero estava dissolvido no chá: ela não demorou a dormir.

Ele deixou o quarto, saiu para o parque e dirigiu-se para o espelho de água. Os cisnes dormiam lado a lado, o pescoço encolhido sob a asa, a fêmea, grácil, confortavelmente aconchegada no corpo mais imponente do macho.

Ele admirava aquela quietude, invejando aquela serenidade dopante. Chorou copiosamente. Tirara Ève das mãos de Varneroy e agora compreendia que aquela compaixão — chamou isso de compaixão — acabava de destruir o seu ódio, um ódio sem limite, sem freio. E o ódio era sua única razão de viver.

*

Tarântula volta e meia jogava xadrez com você. Refletia longamente antes de arriscar uma jogada que você nunca esperava. Às vezes, improvisava ataques sem se preocupar em proteger seu jogo, impulsivo, mas infalível.

Um dia ele suprimiu as correntes para instalar um sofá no lugar de sua enxerga. Você dormia nele, vadiando o dia inteiro, deitado entre as almofadas sedosas. A pesada porta do porão continuava trancada com um cadeado...

Tarântula oferecia-lhe gulodices, cigarros com filtro, informava-se sobre seus gostos musicais. Suas conversas tinham um tom brincalhão. Palavras banais. Ele lhe dera um projetor e trazia filmes que vocês assistiam juntos. Preparava o chá, servia tisanas ou, quando percebia que você estava deprimido, abria uma garrafa de champanhe. Mal terminadas as taças, completava-as novamente.

Você não estava mais nu: Tarântula dera-lhe um xale bordado, uma peça magnífica luxuosamente em-

balada. Com seus dedos finos, você desfizera o papel para descobrir o cachecol, e esse presente lhe proporcionara um grande prazer.

Enrolado no xale, você se coçava sobre as almofadas, fumando cigarros americanos ou chupando caramelos, à espera da visita diária de Tarântula, que nunca chegava de mãos vazias.

A generosidade dele parecia não ter mais limites. Um dia, a porta do porão se abriu. Ele empurrou à sua frente, com dificuldade, um embrulho enorme, montado sobre rodinhas. Sorria, olhando o papel de seda, a fita cor-de-rosa, o buquê de flores...

Diante do seu espanto, ele lembrou-lhe a data: 22 de julho. Sim. Fazia dez meses que você era prisioneiro. Você tinha 21 anos... Com afetação, você girava em torno daquele embrulho luminoso, aplaudia, rindo. Tarântula ajudou-o a desatar a fita. Você não demorou a reconhecer a forma de um piano: um Steinway!

Sentado no banquinho, você tocou, após haver desentorpecido seus dedos hesitantes. Não era nada espetacular, mas você chorava de alegria...

E você, você, Vincent Moreau, o animal de estimação desse monstro, você, o cão de Tarântula, seu macaco ou seu periquito, você, que ele aniquilara, você, sim você, você beijou sua mão, rindo despudoradamente.

Pela segunda vez, ele esbofeteou-o.

*

Alex entediava-se em sua toca. Caindo de sono, os olhos inchados, passava dias em frente à televisão. Decidiu não pensar mais em seu futuro, ocupando-se como podia. Ao contrário de sua temporada no sítio, fazia a faxina e lavava a louça, com um esmero maníaco. Tudo era de uma limpeza inatacável. Passava horas encerando o assoalho, areando panelas.

Sua coxa praticamente não o incomodava mais. A cicatrização provocava comichões irritantes, mas o ferimento não doía mais. Uma atadura substituíra o curativo.

Alex já estava instalado há dez dias quando uma noite teve uma ideia de gênio, ou, pelo menos, ficou convencido disso. Assistia a um jogo de futebol na tevê. O esporte nunca o interessara muito, à exceção do caratê. Os únicos periódicos que lia com certa regularidade eram revistas especializadas em artes marciais. Mesmo assim não deixava de acompanhar as peregrinações da bola redonda conscienciosamente maltratada pelos jogadores... Cochilando diante desse espetáculo, bebericava um resto de vinho. Não se levantou para desligar o aparelho quando a partida terminou. Passou a acompanhar uma "reportagem médica" sobre cirurgia plástica.

O apresentador comentava uma matéria sobre liftings, a cirurgia facial. Seguia-se uma entrevista com o responsável por um centro especializado, em Paris: o professor Lafargue. Alex, escutava, hipnotizado.

— O segundo estágio — explicava Lafargue com a ajuda de um croqui — consiste no que chamamos de "ruginação" do periósteo. Trata-se de uma etapa importante. Seu objetivo é, como veem aqui, deixar o periósteo aderir à face profunda da pele a fim de acolchoá-la...

Na tela desfilavam fotos de rostos transformados, remodelados, esculpidos, embelezados. Os pacientes ficavam irreconhecíveis. Alex acompanhou atentamente as explicações, irritando-se por não compreender alguns termos... Quando passaram os créditos, Alex anotou o nome do médico — Lafargue — e o do centro médico no qual ele trabalhava.

A foto em sua carteira de identidade, a hospitalidade interesseira de seu amigo legionário, o dinheiro escondido no porão da casa, lenta mas definitivamente, tudo se encaixava!

O sujeito da tevê sustentara que uma recauchutagem do nariz era uma cirurgia sem riscos, bem como a reabsorção dos tecidos gordurosos em certos pontos do rosto... Uma ruga? O bisturi podia apagá-la como uma borracha!

Alex correu até o banheiro, mirou-se no espelho. Apalpava o rosto, aquele calombo no nariz, as bochechas inchadas, a papada...

Era tudo simples! O médico dissera duas semanas — em duas semanas refazia-se um rosto! —, apaga-se e recomeça-se. Não, nada era simples: era preciso convencer o cirurgião a operá-lo, a ele, Alex, bandido procurado pela polícia... Descobrir um instrumento de pressão suficientemente forte para obrigá-lo a se calar, levar a cabo a operação e deixá-lo partir sem avisar a polícia. Um instrumento de pressão... Lafargue teria filhos, mulher?

Alex lia e relia o pedaço de papel no qual rabiscara o nome de Richard, as referências do centro hospitalar... Quanto mais refletia naquilo, mais excelente parecia-lhe a ideia: sua dependência em relação ao legionário se veria consideravelmente reduzida com a transformação do seu rosto. A polícia procuraria um fantasma, um Alex Barny inexistente: a saída do país seria mais fácil de negociar!

Alex não dormiu aquela noite. No dia seguinte, levantou-se bem cedinho, fez uma higiene rápida, cortou o cabelo e passou muito bem passados o terno e a camisa que trouxera da chácara. O CX estava na garagem...

*

Tarântula era adorável. Suas visitas tornavam-se mais longas. Trazia-lhe jornais, fazia-lhe companhia durante as refeições. Reinava um calor sufocante no porão — era agosto —, e ele instalou uma geladeira, que abastecia diariamente com sucos de frutas. Além do xale, seu guarda-roupa ganhara um roupão leve e sandálias.

No outono, Tarântula começou com as injeções. Desceu para visitá-lo, com a seringa na mão. Obedecendo às suas ordens, você deitou-se no sofá, descobrindo as nádegas. A agulha penetrou secamente na gordura das suas costas. Você viu aquele líquido transparente, ligeiramente cor-de-rosa, no êmbolo da seringa, e, agora, ele estava em você.

Tarântula era superdelicado e tomava cuidado para não feri-lo, mas depois da injeção o líquido importunava-o. Em seguida diluía-se na sua carne e a dor desaparecia.

Você não fez perguntas a Tarântula acerca desse tratamento. Todo seu tempo era ocupado pelo desenho e o piano, e essa intensa atividade artística saciava-o. Você não ligava para as injeções, Tarântula era tão gentil.

Você fazia progressos rápidos no domínio musical. Tarântula, solícito, passava horas a vasculhar lojas especializadas em busca de partituras. No porão, empilhavam-se manuais e livros de uma arte que lhe servia de modelo.

Um dia, você lhe confessou aquele apelido inquietante. Era no fim de uma refeição feita em sua companhia. O champanhe subiu-lhe um pouco à cabeça. Vermelho de vergonha, gaguejando, você admitiu seu erro — você disse "meu erro" — e ele sorriu, indulgente.

As injeções sucediam-se, regulares. Mas não passavam de uma pequena contrariedade em sua vida ociosa.

Para o seu vigésimo segundo aniversário, ele instalou dois móveis no porão: o holofote desapareceu, substituído por abajures de luz suave. Ao sofá acrescentaram-se poltronas, uma mesinha baixa, pufes. Um carpete grosso veio cobrir o chão.

Já fazia um tempo que Tarântula instalara um chuveiro num canto do porão. Uma pia de camping completou a instalação, bem como um assento higiênico equipado com uma descarga. Tarântula chegou a pensar numa cortina, respeitando seu pudor. Você experimentou o roupão e mostrou descontentamento com a cor das toalhas de banho. Tarântula trocou-as.

Confinado no espaço fechado do porão, você sonhava com amplidão e vento. Pintou janelas em trompe l'oeil nas paredes. À direita, despontava uma paisagem montanhosa, saturada pelo sol e o branco reluzente das neves eternas. Um spot de halogênio dirigido para os picos fustigava com uma claridade ofuscante aquela brecha artificial para a vida do lado de fora. À esquerda, você besuntou o cimento com uma pasta azul, imitando as ondas espumantes. Bem ao fundo, os vermelhos alaranjados de um crepúsculo flamejante, muito bem feito, enchiam-no de orgulho.

Além das injeções, Tarântula fazia-o ingerir diversos remédios, cápsulas multicoloridas, pastilhas insípidas, beberagens. Os rótulos haviam sido arrancados das embalagens... Tarântula perguntara-lhe: está preocupado? Você deu de ombros e respondeu que tinha confiança. Tarântula acariciou sua face. Você então pegou a mão dele para depositar um beijo, na concha da palma. Ele enrijeceu-se, por um instante você julgou que ia esbofeteá-lo novamente, mas seus traços relaxa-

ram, ele abandonou a mão. Você deu-lhe as costas para impedi-lo de ver as lágrimas de alegria que brotavam no canto de suas pálpebras...

Você estava com a tez pálida, de viver assim privado da luz do dia. Então Tarântula instalou na sua morada um banco aparelhado com uma ribalta luminosa e você tomou banhos de sol. Que felicidade ver seu corpo adquirir um tom de cobre tão bonito, um bronzeado integral, e você exibia essas metamorfoses espetaculares de sua pele a seu amigo, feliz quando ele, por sua vez, deixava transparecer sua satisfação.

Dias, semanas, meses iam passando, aparentemente monótonos, mas na verdade recheado de prazeres múltiplos e intensos: o deleite que você experimentava ao piano ou desenhando cumulavam-no de alegria.

Seu desejo sexual extinguira-se. Você questionou Tarântula a esse respeito, bastante constrangido. Ele confessou que sua comida continha substâncias que resultavam naquele efeito. Era, dizia Tarântula, para você não se atormentar, uma vez que não via ninguém além dele. Sim... Você compreendia muito bem. Ele prometeu-lhe que em breve, com sua saída próxima, com uma alimentação livre desses produtos, seu desejo retornaria.

À noite, sozinho no porão, você às vezes acariciava seu sexo flácido, mas a decepção que lhe invadia desaparecia diante do pensamento de sua "saída" próxima. Tarântula prometera, não havia com que se preocupar.

IV

Alex dirigiu com prudência até Paris; concentrava-se para não cometer nenhuma infração. Chegara a pensar em se deslocar de ônibus e metrô, mas não era uma boa ideia: Lafargue decerto andava de carro, e ele não poderia segui-lo.

Alex instalou-se bem em frente à entrada do hospital. Era muito cedo. Alex naturalmente desconfiava que o médico não pegava no batente de madrugada, mas antes precisava situar-se, sentir o terreno... Num muro, bem perto do portão da entrada, um painel indicava os serviços disponíveis no hospital, com o nome dos médicos. Lafargue de fato figurava na lista.

Alex deu uma volta pela rua, apertando no bolso do casaco a coronha do colt do policial. Em seguida, sentou-se na varanda de um bar de onde era fácil observar a entrada do pessoal do hospital.

Finalmente, por volta das dez horas um carro parou no sinal vermelho a alguns metros da varanda onde Alex esperava: um Mercedes conduzido por um motorista. Alex reconheceu prontamente Lafargue, sentado atrás, lendo um jornal.

O Mercedes esperou no sinal vermelho, depois enveredou por uma alameda que levava ao estacionamento do hospital. Alex viu Lafargue sair. O motorista ficou um pouco dentro do carro, depois, como fazia calor, também foi sentar-se na varanda do bar.

Roger pediu um chope. Hoje seu patrão tinha uma intervenção importante e deixaria o serviço logo depois para ir para sua clínica de Boulogne, onde tinha uma reunião.

A placa do carro de Lafargue era 78, Les Yvelines. Alex sabia de cor todos os números dos departamentos; a propósito, durante seu isolamento no sítio, divertia-se rememorando esses números, começando pelo 01, recitando-os na ordem, brincando de charadas; no jornal, noticiam que um velho de 80 anos se casou: 80? 80 é o Somme...

O motorista não parecia ter apressado. Acotovelado na mesa da varanda, fazia palavras cruzadas, a atenção totalmente absorta nos quadradinhos. Alex pagou a conta e entrou na agência de correio ao lado do hospital. Não via mais o portão de entrada, mas seria muito azar, pensou, se o doutorzinho escapulisse nos próximos 15 minutos.

Consultou um catálogo alfabético. Lafargue é um nome comum, havia páginas inteiras... Lafargue com s, sem s, com dois f, um só... Os L-A-F-A-R-G-U-E com um único F e sem U eram menos numerosos. E os Lafargue médicos, mais raros. Três, no departamento 78; um deles morava em Saint-Germain, o outro em Plaisir, o terceiro no Vésinet. O Lafargue certo era um dos três. Alex anotou os três endereços.

De volta ao bar, constatou que o motorista continuava lá. Quando deu meio-dia, o garçom preparou as mesas para o almoço. Parecia conhecer bem o motorista, uma vez que lhe perguntou se ficaria para almoçar como sempre.

Roger respondeu pela negativa. Naquele dia o patrão correria para Boulogne assim que deixasse a mesa de cirurgia.

De fato, o cirurgião não demorou a aparecer. Entrou no Mercedes e o motorista assumiu o volante. Alex seguiu o carro. Deixaram o centro de Paris, embicando para Boulogne. A perseguição não foi muito complicada. Alex conhecia mais ou menos o destino.

Roger estacionou em frente a uma clínica e voltou às suas palavras cruzadas. Alex anotou o nome da rua num pedaço de papel. Não confiava em sua memória. A espera foi longa. Alex circulava nos arredores do cruzamento ali perto, tentando não dar muito na vista. Depois, sentado numa pracinha, continuou a esperar, sem desgrudar os olhos do Mercedes. Deixara aberta a porta do carro, de maneira a poder arrancar sem demora no caso de uma aparição intempestiva do médico.

A reunião de planejamento das cirurgias durou pouco mais de uma hora. Richard quase não abriu a boca. Estava pálido, as faces emaciadas. Desde a sessão com Varenoy, vivia como um robô.

Alex entrara numa tabacaria para se reabastecer de cigarros quando Roger, percebendo Lafargue no saguão da clínica, abriu a porta traseira do Mercedes. Alex então entrou no CX e arrancou, mantendo uma boa distância. Ao constatar que a direção tomada era claramente a do Vésinet, desistiu. Para que correr o risco de ser flagrado quando tinha o endereço no bolso?

Mais tarde, foi até lá. A mansão de Lafargue era imponente, cingida por um muro que escondia a fachada. Alex inspecionou as casas dos arredores. A rua estava deserta. Não podia demorar-se mais. Notou que os postigos das mansões vizinhas estavam fechados. O Vésinet esvaziara-se para o mês de agosto... Eram quatro da tarde, e Alex hesitou. Pretendia inspecionar a residência do cirurgião naquela mesma noite, mas não sabia o que fazer enquanto isso. Na falta de outra coisa, decidiu dar uma volta na floresta de Saint-Germain, ali pertinho.

Retornou ao Vésinet por volta das nove da noite e estacionou o CX a uma distância razoável da rua onde

Lafargue morava. Começava a anoitecer, mas ainda se enxergava bem. Escalou o muro de uma mansão próxima a fim de examinar o jardim que cercava a de Lafargue. Sentou-se acavalado no muro, meio camuflado pela folhagem densa de uma castanheira cujos galhos prosperavam em todas as direções. Era impossível vê-lo de longe, e, se passantes surgissem na rua, ele se enfiaria completamente nos galhos.

Avistou o parque, o lago, as árvores, a piscina. Lafargue jantava do lado de fora, na companhia de uma mulher. Alex sorriu. Era um ótimo ponto de partida. Teria filhos? Não... Eles comeriam com os pais! Ou então estavam de férias. Crianças ainda pequenas, já na cama? Lafargue devia ter uns 50 anos, e seus filhos, se os tivesse, deviam ser pelo menos adolescentes... Não estariam na cama, às dez, numa noite de verão! Aliás, não havia luz acesa nem no térreo nem no andar de cima. Uma luminária de jardim espalhava uma claridade suave perto da mesa ocupada pelo casal.

Satisfeito, Alex deixou seu poleiro e pulou para a calçada. Fez uma careta: sua coxa ainda frágil sentia os impactos. Voltou ao CX para esperar a escuridão completa. Fumou nervosamente, acendendo outro cigarro na guimba do precedente. Às dez e meia, dirigiu-se de novo até a mansão. A rua continuava vazia. Ao longe, soou uma buzina.

Alex contornou o muro da propriedade de Lafargue. Bem na ponta, descobriu na calçada um grande caixote de madeira contendo pás e ancinhos, ferramentas dos empregados da manutenção municipal. Trepou nele, alçou-se para cima do muro, recobrou-se um pouco e, depois, calculando a queda, aterrissou no jardim. Agachado atrás de uma moita, esperou: se houvesse cachorro, não tardaria a se manifestar... Nenhum latido... Examinou os arbustos à sua volta, enquanto progredia, rente ao muro. Procurava um ponto de apoio viável no interior do jardim para poder escalar o muro em sentido contrário, na volta... Perto do espelho d'água, uma gruta artificial de cimento servia de abrigo noturno para os cisnes. Construída recostada no muro, tinha mais de um metro de altura. Alex sorriu e fez um teste. Era brincadeira de criança saltar novamente para a rua. Tranquilizado, atravessou o jardim, passando pela piscina. Lafargue entrara, não havia ninguém nos arredores da mansão. No andar de cima, a luz escoava pelos postigos fechados.

Uma música ligeira escapava das janelas. Piano... Não era disco: a música parava, voltava atrás. Do outro lado da casa, outras janelas estavam iluminadas. Alex colou no muro, protegido pela trepadeira que disfarçava a fachada; debruçado num dos balaústres do andar de cima, Lafargue contemplava o céu. Alex prendeu a respiração. Vários minutos assim se passaram, e, finalmente, o médico fechou a janela.

Alex hesitou longamente: devia, sim ou não, correr o risco de entrar na casa? Sim: tinha que mapear o local, pelo menos vagamente, para saber onde poria os pés quando viesse sequestrar a mulher do cirurgião.

A casa era grande, e de todas as janelas do andar de cima emanava luz. Lafargue devia ter um quarto separado da mulher. Alex sabia: os burgueses nem sempre dormem juntos!

Empunhando o colt, subiu a escadaria da entrada, girou a maçaneta; não houve resistência. Empurrou a porta, lentamente.

Deu um passo. Um grande aposento, à esquerda, outro, à direita, separados por uma escada... O quarto da mulher ficava à direita.

Uma burguesa não acorda cedo. Devia gostar de uma manhã na preguiça, aquela vaca! O plano de Alex era espreitar a saída de Lafargue e correr para surpreendê-la ainda dormindo.

Fechou a porta delicadamente. Correu na direção do lago sem fazer barulho, escalou a gruta e pulou o muro. Estava tudo em ordem. Caminhava a largas passadas para o seu carro. Mas não! Nem tudo estava perfeito: Roger, o motorista... Este era segurança de Lafargue, mas, e se houvesse uma empregada? Uma empregadinha que viesse fazer a faxina, seria desastroso topar com ela!

Alex pegou a marginal, continuando a respeitar o código de trânsito. Era meia-noite quando chegou de volta ao seu esconderijo em Livry-Gargan.

*

Bem cedinho no dia seguinte, voltou ao Vésinet. Devorado pela ansiedade, sondou a casa de Lafargue, convencido de ter visto um criado extra chegar. Tinha que capturar a mulher de Lafargue sem testemunhas: o cirurgião capitularia diante da chantagem — ou você me refaz a cara ou mato sua mulher — mas se alguém assistisse ao rapto, um segurança qualquer, um jardineiro, qualquer um, ele avisaria aos policiais e o belo plano de Alex iria por água abaixo.

Alex estava com sorte. Lafargue de fato tinha uma empregada: Line partira de folga por dois dias. Das cinco semanas que o médico dava-lhe anualmente, ela tirava três para ir visitar a irmã no Morvan, e o restante tirava no inverno.

Ninguém apresentou-se na casa de Lafargue durante toda a manhã. Mais calmo, Alex tomou a direção de Paris. Tinha que verificar os horários do cirurgião. Será que não trabalhava todos os dias? Se tirava um dia de descanso na semana, era melhor saber logo! Alex pretendia informar-se junto à secretaria do hospital, usando um pretexto qualquer.

O motorista aguardava seu patrão, como todos os dias, na varanda do barzinho, em frente ao hospital. Alex, com sede, pediu um chope no balcão, e preparava-se para saboreá-lo quando viu Roger levantar-se precipitadamente. Lafargue estava no estacionamento e chamava seu motorista. Tiveram uma conversa rápida, depois da qual Roger entregou as chaves do Mercedes ao cirurgião, antes de se dirigir resmungando para o metrô ali perto. Alex já estava ao volante do CX.

Lafargue corria como um louco. Não tomou a direção de Boulogne. Transtornado, Alex viu-o embicar na direção da marginal e da autoestrada.

A perspectiva de uma perseguição de longa distância não o seduzia muito. Sem desgrudar os olhos da traseira do Mercedes, refletia... Lafargue tem filhos, ruminou. Sim, estão de férias, ele acaba de receber más notícias, um deles está doente, está indo visitá-lo... Por que saíra do trabalho mais cedo do que de costume, despachando o segurança? Será que o patife tem uma amante? Sim, deve ser isso... Uma amante que ele visita assim, à luz do dia? O que significava aquela trama?

Lafargue arremetia, costurando entre os carros. Alex acompanhava, suando de pavor diante da ideia de uma blitz policial na passagem de um pedágio... O Mercedes deixara a autoestrada. Uma estradinha sinuosa — que não o levava a reduzir a velocidade — desfilava agora... Alex estava prestes a desistir, com medo de ser descoberto, mas Lafargue sequer olhava pelo retrovisor. Viviane tivera uma nova crise: o psiquiatra telefonara como prometido. Richard sabia o que significava aquela visita — a segunda em menos de uma semana — à sua filha... Aquela noite, quando estivesse de volta no Vésinet, não pediria a Ève para telefonar para Varneroy... Isso não era mais possível, depois do que acontecera! Então, como iria consolar-se?

O Mercedes estacionou na entrada de um castelo. Uma placa discreta indicava que se tratava de uma instituição psiquiátrica. Alex coçou a cabeça, perplexo.

Richard subiu ao quarto de Viviane sem esperar pelo psiquiatra. O mesmo espetáculo o aguardava: sua filha às voltas com uma agitação desordenada, esperneando, tentando mutilar-se. Não entrou no quarto. Com o rosto colado na gradezinha, soluçava mansamente. O psiquiatra, avisado de sua chegada, veio juntar-se a ele. Amparou Lafargue para descerem de volta ao andar térreo. Isolaram-se num escritório.

— Não volto mais — disse Lafargue. — É muito duro. Insuportável, o senhor compreende?

— Compreendo...

— Ela não precisa de nada? Roupa de baixo... Não sei...

— Do que acha que ela precisa? Admita, senhor Lafargue! Sua filha nunca sairá desse estado! Não me julgue insensível: o senhor deve aceitar os fatos. Ela vegetará por muito tempo, sua vida será intercalada por surtos como este ao qual acabamos de assistir... Podemos dar-lhe calmantes, entupi-la de neurolépticos, mas, no fundo, não podemos tentar nada de sério, e o senhor sabe: psiquiatria não é cirurgia. Não podemos modificar as aparências. Não dispomos de ferramentas "terapêuticas" tão precisas quanto as dos senhores...

Richard acalmara-se. Recuperou-se pouco a pouco, tornou-se distante.

— É... Provavelmente o senhor tem razão.

— Eu... Eu gostaria que me desse seu assentimento: peço para não lhe telefonar mais quando Viviane...

— Está bem — cortou Richard —, não telefone mais...

Levantou-se, cumprimentou o psiquiatra e entrou de novo no carro. Alex viu-o sair do castelo. Não arrancou. Havia 99 por cento de chance de Lafargue voltar para o Vésinet, para Boulogne ou para o hospital.

*

Alex foi almoçar na aldeia vizinha. A praça estava tomada por carrosséis de parque de diversões em vias de montagem. Refletia. Quem vivia lá naquele buraco de rato, no hospício? Se fosse um menino, Lafargue devia amá-lo, correndo daquele jeito para visitá-lo, de repente, largando o trabalho...

Alex encheu-se bruscamente de coragem, repeliu o prato ainda pela metade de batatas fritas gordurosas e pediu a conta. Comprou um grande buquê de flores, uma caixa de bombons, e encaminhou-se para a casa dos loucos.

A recepcionista atendeu-o no saguão.

— Uma visita para um doente? — ela perguntou.

— Eh... sim!

— O nome?

— Lafargue.

— Lafargue?

Diante do rosto estupefato da recepcionista, Alex julgou ter cometido uma gafe. Já imaginava Lafargue tendo como amante uma enfermeira de loucos...

— Mas... O senhor já veio visitar Viviane antes?

— Não, é a primeira vez... Sou um primo.

A recepcionista encarava-o com surpresa. Hesitou um instante.

— Não é possível visitá-la hoje. Ela não está passando bem. O Sr. Lafargue não lhe avisou?

— Não, eu devia, enfim, mas minha visita estava programada há muito tempo...

— Não compreendo: é incrível, o pai de Viviane estava aqui não faz nem uma hora...

— Ele não pôde me avisar: estou fora desde a manhã.

A recepcionista balançou a cabeça, deu de ombros. Pegou as flores e os bombons, deixou-os em sua mesa.

— Entrego para ela mais tarde, hoje não vale a pena. Venha.

Entraram no elevador. Alex ia atrás dela, os braços pendentes. Ao chegar diante do quarto, ela apontou-lhe a gradezinha. Alex levou um susto ao ver Viviane, prostrada num canto do quarto e fitando a porta com uma expressão maligna.

— Não posso deixá-lo entrar... O senhor compreende?

Alex compreendia. Sentia as palmas da mão úmidas, além de náuseas. Observou mais uma vez a louca e achou que já a vira antes em algum lugar. Mas era provavelmente uma ilusão.

Deixou rapidamente o hospício. Ainda que Larfague adorasse aquela doida, ele nunca poderia raptá-la! Melhor jogar-se imediatamente nos braços dos policiais. Além do mais, como fazer? Tomar de assalto aquele castelo? Como abrir a cela? Não... Seria a mulher de Lafargue que serviria de refém.

Voltou à região parisiense dirigindo comportadamente. Já era tarde quando chegou de volta à sua toca, em Livry-Gargan.

*

Na manhã seguinte, voltou à sua tocaia nas proximidades da mansão de Lafargue. Estava tenso, ansioso, mas não sentia medo. Ruminara seu plano a noite inteira, imaginando as consequências da transformação de seu rosto.

Roger chegou às oito, sozinho, a pé, *L'Équipe* embaixo do braço. Alex estacionara a 50 metros do portão da entrada. Sabia que ainda teria que esperar: Lafargue costumava sair para o hospital por volta das dez.

Aproximadamente às nove e meia, o Mercedes parou no portão. Roger saiu para abri-lo, tirou o carro, parou novamente para fechar o ferrolho, bateu a porta. Alex soltou um profundo suspiro vendo Lafargue afastar-se.

O ideal seria surpreender a vaca pregada no sono. Tinha que agir sem demora. Alex não vira nenhum criado durante os dias precedentes, mas nunca se sabe...

Arrancou e foi estacionar em frente à casa. Acionou a maçaneta do portão, e, com a maior naturalidade do mundo, penetrou no jardim.

Caminhava em direção à casa, mãos nos bolsos, apertando a coronha do colt. Os postigos do apartamento da direita estavam fechados, e Alex espantou-se com um detalhe que não observara até aquele momento: eles estavam fechados pelo lado de fora, como se as janelas estivessem condenadas. Entretanto, fora exatamente ali que vira luz, era dali que escapava a música do piano.

Deu de ombros e continuou sua inspeção. Dera a volta completa na mansão e se achava em frente à escadaria da entrada. Inspirou profundamente e abriu a porta. O andar térreo estava como ele vira na noite da véspera: um salão, uma biblioteca-escritório, a escada que levava ao andar de cima. Subiu os degraus, prendendo a respiração, o colt na mão.

Ouvia-se alguém cantarolando do outro lado da porta, aquela porta protegida com três fechaduras! Alex, incrédulo, pensou que o cirurgião era louco de trancar a mulher... Ah, não, talvez fosse uma vagabunda, ele tinha razões para desconfiar... Com delicadeza, abriu a primeira tranca. A mulher continuava a cantarolar. A segunda tranca... E a terceira. E se a porta estivesse fechada a chave? Com o coração disparado, girou a maçaneta. A porta abriu-se lentamente, sem ranger.

A vaca, sentada diante da penteadeira, maquiava-se. Alex colou na parede, para não aparecer no espelho. Ela dava-lhe as costas, nua, a atenção absorta na maquiagem. Era bonita, sua silhueta era esguia, suas nádegas — espremidas no banquinho —, musculosas. Alex abaixou-se para deixar o colt no carpete, e, com um pulo, lançou-se sobre ela descendo o punho sobre a nuca curvada.

Dosara a força, como especialista. Em Meaux, na boate onde era leão de chácara, havia escândalos frequentes. Ele acalmava rapidamente os baderneiros. Um golpe seco, desferido no crânio, e não restava mais senão arrastar os pilantras para a calçada.

Ela jazia, inerte no tapete. Alex tremia. Apalpou o pulso, teve vontade de acariciá-la, mas aquele realmente não era o momento. Desceu de novo a escada. No bar, pegou uma garrafa de scotch e deu uma longa talagada, no gargalo.

Saiu da mansão, escancarou o portão de ferro e, refreando seu ímpeto de correr, caminhou até o CX e arrancou. Estacionou no jardim, bem em frente à escada da entrada da mansão. Correu até o quarto. A mulher não se mexera. Amarrou-a cuidadosamente com uma correia que trouxera do porta-malas do CX e amordaçou-a com esparadrapo, antes de enrolá-la na colcha.

Pegou-a nos braços para descê-la até o andar térreo e instalou-a no porta-malas. Bebeu uma segunda vez na garrafa, que jogou, vazia, no chão. Instalado ao volante, arrancou. Na rua, um casal idoso passeava com um cachorro, mas não prestaram atenção nele.

Tomou a estrada de Paris, que atravessou de oeste para leste para voltar a Livry-Gargan. Ajeitou o retrovisor; ninguém o seguia.

Ao chegar em casa, abriu o porta-malas e carregou a Sra. Lafargue para o porão, ainda enrolada na colcha. Para maior segurança, prendeu a correia num dispositivo antirroubo de moto, uma grossa corrente encapada de plástico e passada em torno de uma tubulação.

Apagou a luz e deixou o porão para voltar logo depois, com uma panela cheia de água gelada, que despejou na cabeça da jovem mulher. Ela começou a espernear, mas seus movimentos eram travados pela correia. Gemia, sem poder gritar. Alex sorriu no escuro. Ela não vira seu rosto e, portanto, não poderia descrevê-lo quando ele a libertasse. Se a libertasse. Sim, afinal, o cirurgião estaria com ele, veria seu rosto. Poderia fazer um retrato-falado, uma vez terminada a cirurgia. Lafargue poderia descrever o novo rosto de Alex... Alex, que matara um policial e raptara a mulher do professor Lafargue! Bem, pensou Alex, o importante agora é obrigar o sujeito a me operar, depois veremos. Provavelmente seria preciso matar Lafargue e sua mulher, depois.

Subiu de novo até o quarto, feliz com o êxito da primeira parte de seu plano. Esperaria o anoitecer, a volta de Lafargue ao Vésinet, sua surpresa diante do desaparecimento da vaca para ir até o cirurgião e anunciar-lhe o escambo. Seria preciso jogar pesado! Eles iam ver, todos aqueles porcos, quem era Alex!

Serviu-se de um copo de vinho, estalou a língua depois de beber. Mais tarde, naturalmente, pretendia possuir a vagabunda? Melhor ainda, unir o útil ao agradável!

Paciência, ruminou, cuide primeiro de Lafargue, a sacanagem fica para depois...

Terceira parte

A PRESA

I

É HORRÍVEL! Vai começar tudo de novo... Você não compreende nada, ou melhor, receia compreender em excesso: dessa vez, Tarântula vai matá-la!

Ele não lhe dirige a palavra há três dias. Trazia as refeições para você no quarto, evitando inclusive fitá-la... Quando ele adentrara o conjugado para pôr fim às chicotadas que aquele louco do Varneroy lhe aplicava, você ficara estupefata. Ele desmontava, era a primeira vez que manifestava compaixão. De volta ao Vésinet, mostrou-se carinhoso, solidário com seus sofrimentos. Passou pomada nas feridas e você viu, pasma, seus olhos se encherem de lágrimas...

Depois, esta manhã, você ouviu quando ele saía para o hospital. E ele voltou, sem avisá-la, pulou em cima de você, atacou-a, e ei-la de novo prisioneira, no porão, acorrentada no breu.

O inferno está de volta, exatamente como há quatro anos, após sua captura na floresta.

Aquele Tarântula enlouquecido, ainda mais furioso que antes, vai matá-la. Sim, Viviane teve uma nova crise, ele foi visitá-la na Normandia e não aguentou. Não lhe basta mais prostituí-la. Que irá inventar?

Entretanto, ele mudara muito nos últimos meses. Não era mais tão mau. Naturalmente, continuava a esgoelar-se no seu maldito interfone, para assustá-la...

Pesando em tudo, melhor morrer. Você nunca teve coragem de se suicidar. Ele destruiu em você toda veleidade de revolta. Você virou a coisa dele! Você virou a coisa dele! Você não é mais nada!

Volta e meia você sonhava fugir, mas, para onde, num estado daqueles? Rever sua mãe, seus amigos? Alex? Quem iria reconhecê-la? Tarântula triunfou... Prendeu-a para sempre a ele.

Você espera que este sempre termine logo. Que ele acabe com aquilo, que pare de manipular!

Ele amarrou solidamente a corda, você não consegue se mexer. O cimento do porão esfola sua pele. A corda irrita seus seios e os comprime. Dói.

Seus seios...

*

Seus seios... Ele tivera um trabalho louco para fazê-los nascer. Certo tempo depois do início das injeções, começaram a crescer. Você não ligou no início, atribuindo a aparição daqueles conglomerados gordurosos à vida indolente que levava. Mas, a cada uma de suas visitas, Tarântula apalpava seu peito e balançava a cabeça. Não restava dúvida. Horrorizado, você viu seu peito inchar, ganhar forma. Dia após dia, você acompanhava a expansão dos seus mamilos e apertava seu sexo cada vez mais desesperadamente flácido. Chorava muito. Tarântula tranquilizava-o. Estava tudo correndo bem. Faltava-lhe alguma coisa? O que ele podia lhe oferecer que você já não tinha? Sim, ele era tão amável, tão solícito...

Você parou de chorar. Para esquecer, pintava, passava longas horas ao piano. Nada mudava. Tarântula vinha cada vez mais amiúde. Era ridículo. Vocês se conheciam havia dois anos, ele aniquilara seu pudor; no início do seu confinamento, você fazia suas necessidades na frente dele e esses seios, você escondia. Ajeitava constantemente seu penhoar para diminuir o vão do decote. Tarântula fez com que usasse um sutiã. Era inútil: seus peitos, duros, firmes, prescindiam de um. Mas era melhor assim. Um sutiã, um top: você ficava mais à vontade.

Como acontecera com as correntes, o porão e as injeções, você passou a habitar esse corpo, instalou-se pouco a pouco, até familiarizar-se. E, depois, para que pensar nisso?

E os cabelos... No início, Tarântula cortava-os para você. Em seguida, deixou-os crescer. Seria um efeito das injeções, das cápsulas, das beberagens? Avoluma-

ram-se, Tarântula dava-lhe xampus, deu-lhe de presente um nécessaire com pentes e escovas. Você gostou de cuidar deles. Experimentava diversos penteados, coque, rabo de cavalo, por fim cacheou-os e desde então usa-os assim.

Ele vai matá-la. Faz calor no porão, eis a sede de volta... Ainda há pouco, ele esguichou água gelada em você, mas você não conseguiu beber.

Você espera a morte; nada mais tem importância. Lembra-se do liceu, da aldeia, das meninas — das meninas... Seu colega Alex. Nunca mais veria tudo aquilo, nunca mais veria mais nada. Estava acostumada à solidão: seu único companheiro era Tarântula. Às vezes vinham lufadas de nostalgia, crises de depressão. Ele dava-lhe calmantes, mimava-o com presentes, o patife, tudo isso para levá-lo àquele estado...

Por que ele espera tanto? Deve estar maquinando requintes de crueldade, uma encenação do seu assassinato... Irá matá-la ele mesmo ou entregá-la nas mãos de um Varneroy qualquer?

Não! Ele não pode mais suportar que outros a toquem, aproximem-se de você, você viu muito bem quando ele atacou aquele louco do Varneroy, que a machucava com seu chicote.

Será culpa sua? Você andava zombando dele estes últimos tempos... Assim que ele entrava no quarto, se estivesse instalada no piano, você tocava para ele "The

Man I Love", aquela música que ele odiava. Ou então, e isso era mais perverso, você o provocava. Ele mora sozinho há muitos anos. Será que tinha uma amante? Não... é incapaz de amar.

Você notou a perturbação que tomava conta dele quando a via nua. Você tem certeza de que ele a desejava, mas que lhe repugnava tocá-la, claro, era compreensível. Isso não impedia que ele a desejasse. Você ficava o tempo todo nua em seu quarto, uma vez você voltou-se para ele, sentada no banquinho giratório do piano, afastou as coxas, escancarando seu sexo. Você viu seu pomo de adão agitar-se, ele ruborizou. Foi isso o que o deixou ainda mais louco: desejar você, depois de tudo que ele lhe fez. Desejar você, a despeito de tudo que você é!

Por quanto tempo ficará apodrecendo neste porão? A primeira vez, depois da perseguição na floresta, durou uma semana, sozinho, na escuridão. Uma semana! Ele admitiu mais tarde.

Sim, se você não houvesse brincado com seu desejo, será que hoje ele se vingaria assim?

Claro que não, absurdo pensar uma coisa dessas. Foi por causa de Viviane, Viviane louca de pedra há quatro anos... Quanto mais o tempo passa, mais impõe-se a evidência de sua incurabilidade... E ele não consegue lidar com isso. Não consegue admitir que aquela doida seja sua filha. Que idade tem ela agora? Tinha 16 anos, tem 20. E você, tinha 20, está com 24...

Morrer aos 24 anos não é justo. Morrer? Mas já faz dois anos que você está morto. Vincent está morto há dois anos. O fantasma que sobrevive não tem importância.

É apenas um fantasma, mas ainda pode sofrer infinitamente. Você não quer mais ser um joguete, sim, é a palavra, está cansada dessas manobras, dessas manipulações doentias. Seu sofrimento não terminou. Deus sabe o que ele é capaz de tramar! É um mestre em tortura, você sentiu na carne.

Você treme, está com vontade de fumar. Sente falta do ópio, ontem ele ofereceu, você se satisfez. Aquela hora, sempre à noite, em que ele vem visitá-la, preparar os cachimbos, é um dos seus grandes prazeres. Da primeira vez, você vomitou, nauseado. Mas ele insistiu. Foi o dia em que você não pôde recuar diante da evidência: seus seios cresciam. Ele surpreendeu-o, sozinho no porão, chorando. Para consolá-lo, sugeriu-lhe um disco novo. Mas você lhe mostrou seus seios, a garganta engasgada, não conseguia falar. Ele saiu para voltar minutos depois com o nécessaire: o cachimbo, os cristais untuosos... Um presente envenenado. Tarântula é uma aranha de veneno múltiplo. Você se deixou convencer e desde então é você que reivindica a droga, caso ele venha a se esquecer desse ritual diário. Já vai longe sua resistência inicial ao ópio. Um dia, após ter fumado, você dormiu nos braços dele. Você exalava as últimas baforadas do cachimbo; ele o mantinha aconchegado, sentado ao seu lado no sofá. Mecanicamente, acariciava sua face. A mão dele afagava sua pele lisa. Involuntariamente, você o ajudou a transformá-lo: você nunca teve barba. Quando vocês eram adolescentes, você e Alex, vocês espreitavam a chegada dos pelos, de um buço sobre o lábio. Muito rápido, Alex pôde deixar um bigode crescer, no início ralo, depois mais fornido. Você, por sua vez, continuava totalmente glabro. Um detalhe a menos para Tarântula. Mas, ele lhe disse, aquilo não tinha nenhuma importância! As injeções de estrogênio o teriam de toda forma deixado imberbe. Apesar de tudo, você se odiava por corresponder tão bem à sua expectativa, com seu belo rostinho de menina como dizia Alex...

E esse corpo tão esguio e de articulações frágeis enlouqueceu Tarântula. Uma noite lhe perguntou se você também era homossexual. Você não entendeu o "também". Não, não era gay. Não que a tentação, às vezes, não lhe houvesse fustigado, mas não, não acontecera de verdade. Tarântula também não era, por sua vez, como você julgara a princípio. Sim... aquele dia em que ele viera em sua direção, para apalpá-lo. Você confundiu exame com carícia. Você ainda estava acorrentado, lembre-se, era bem no início. Timidamente, você estendeu-lhe a mão. E ele o esbofeteou!

Você ficou atônito. Por que ele o mantinha cativo a não ser para servir-se de você, usá-lo como brinquedo sexual? Era a única explicação que você via para aquele tratamento que ele lhe impunha... Um filho da mãe de um veado maníaco querendo dispor de um rapaz amestrado! A fúria invadiu-o diante desse pensamento, depois você pensou: paciência, vou jogar o jogo, que ele faça de mim o que quiser, um dia fugirei, voltarei junto com Alex, e acabaremos com ele!

Mas foi um outro jogo que você jogou, aos pouquinhos, à sua revelia. Aquele cujas regras Tarântula fixara: o jogo da sua decadência... Uma casa/sofrimento, uma casa/presente, uma casa/injeções, uma casa/piano... uma casa/Vincent, uma casa/Ève!

*

Lafargue tivera uma tarde estressante: uma intervenção de várias horas, uma criança queimada na face cuja pele do pescoço repuxara e que era preciso enxertar pacientemente com fragmentos.

Despachou Roger na saída do hospital e voltou sozinho para o Vésinet, parando no caminho num florista, a quem pediu para confeccionar um magnífico buquê.

Quando viu a porta escancarada no andar de cima, a entrada dos aposentos de Ève destrancada, deixou cair as flores e subiu a escada fora de si. O banquinho do piano estava derrubado, um vaso quebrado. Um vestido e roupas de peças de lingerie estavam jogados no chão, a colcha desaparecera. Sapatos de salto alto, um deles meio pisoteado, haviam sido esquecidos ali, perto da cama.

Richard lembrou-se de um detalhe espantoso: o portão da entrada estava aberto, ao passo que Roger o havia fechado pela manhã. Um entregador? Line decerto fizera encomendas antes de sair de férias... Mas e a ausência de Ève? Ela fugira... O entregador chegara, encontrou a casa vazia e, por insistência de Ève, abrira as fechaduras.

Richard girava em círculo, em pânico. Por que ela não pusera as roupas que havia visivelmente preparado, arrumado na cama? E a colcha ausente? Tudo aquilo, aquela história de entregador, não se sustinha de pé. Entretanto, isso quase acontecera uma vez, um ano antes, por ocasião de uma folga de Line, precisamente. Por sorte, Richard voltara para casa no momento exato, ouvindo Ève suplicar atrás da porta; ele tranquilizara o entregador: estava tudo em ordem, sua mulher estava em plena depressão, era a razão de tantos ferrolhos...

Quanto a Line e Roger, aquela suposta "loucura" de Ève bastava para evitar perguntas: além do mais, Richard mostrava-se afável com a jovem mulher, e, de um ano para cá, permitia-lhe sair cada vez mais e mais... Ela às vezes jantava no térreo. A louca passava os dias tocando piano ou pintando. Line fazia a faxina nos aposentos, indiferente.

Nada parecia anormal. Ève era mimada com presentes. Line um dia levantara o pano branco que cobria o cavalete; e, ao ver aquele quadro representando Richard como travesti, sentado num balcão de boate, ruminara que a patroa tinha realmente um parafuso a menos! O patrão tinha muitos méritos por tolerar aquela situação: o que ele devia fazer era interná-la no hospital, mas não é mesmo, não ia pegar bem, pensa só, a mulher do Professor Catedrático Lafargue no hospício! Ainda mais que a filha já estava lá!

*

Richard desabou na cama, desesperado. Segurava o vestido nas mãos e balançava a cabeça.

O telefone tocou. Correu para o térreo para atender. Não reconheceu a voz.

— Lafargue? Estou com sua mulher...

— Quanto o senhor quer, diga logo, eu pago...

Richard gritara, com uma voz alquebrada.

— Não se afobe, não é a sua grana que eu quero, estou me lixando para ela! Quer dizer, vamos ver se você vai me dar um pouquinho também...

— Eu lhe suplico, fale, está viva?

— Claro.

— Não a machuque...

— Não se preocupe, não vou machucar...

— E então?

— Preciso vê-lo. Para conversar.

Alex marcou um encontro com Lafargue: para aquela mesma noite, às dez, em frente à drogaria Opéra.

— Como vou reconhecê-lo?

— Não se preocupe! Sei como você é... Venha sozinho e não banque o idiota, caso contrário ela vai passar um mau bocado.

Richard aquiesceu. O interlocutor já desligara.

Richard repetiu o gesto de Alex, de algumas horas antes. Pegou uma garrafa de scotch e deu uma longa talagada no gargalo. Desceu até o porão para se certificar de que não haviam mexido em nada. As portas estavam fechadas, portanto tudo corria bem desse lado.

Quem seria aquele sujeito? Um bandido, sem dúvida. Entretanto, não pedira resgate, pelo menos não imediatamente. Queria outra coisa: o quê?

Não dissera nada a respeito de Ève. Durante os primeiros tempos do cativeiro de Vincent, ele tomava cuidado para nada deixar transparecer de sua presença. Havia inclusive demitido os dois empregados predecessores de Line e Roger, que foram contratados muito tempo depois, uma vez parcialmente "normalizada" a situação com Ève. Receava que a polícia descobrisse seu rastro. Os pais de Vincent não desistiam das buscas, ele sabia pela leitura dos jornais locais... Claro, tudo saíra a contento, ele encurralara Vincent em plena noite, longe de tudo, suprimiu as pistas, mas, quem sabe? Como ele próprio registrara queixa a respeito de Viviane, uma ilação resultante de um acaso brincalhão permanecia possível.

Então, o tempo passara. Seis meses, um ano, logo dois, hoje quatro... O caso estava sepultado.

E, se o sujeito soubesse quem era Ève, não teria falado daquele jeito, não teria dito "sua mulher". Achava que Ève e Richard eram casados. Lafargue às vezes exibia-se com ela, e todos achavam que seduzira uma jovem amante... Fazia quatro anos que se afastara de seus antigos amigos, que atribuíram aquele súbito retraimento à loucura de Viviane. "Coitado do Richard!" diziam, "outro golpe: sua mulher morta num acidente de avião há dois anos e sua filha no hospício, a infeliz..."

As pessoas a quem ele mostrava Ève eram apenas colegas de trabalho, ninguém se espantava com a presença de uma mulher a seu lado nas raras recepções a que eles compareciam. Os murmúrios de admiração que acompanhavam então a aparição daquela "amante" enchiam-no de segurança e orgulho... profissional!

Logo, aquele bandido ignorava tudo acerca de Vincent. Era evidente. Mas o que pretenderia?

*

Lafargue chegou antes da hora ao encontro com Alex. Circulou pela calçada, esbarrando em pessoas que entravam e saíam da drogaria. A cada vinte segundos consultava o relógio. Alex finalmente abordou-o, após ter se certificado de que o médico estava de fato sozinho.

Richard esquadrinhou o rosto de Alex, um rosto quadrado, brutal.

— Está de carro?

Richard apontou o Mercedes, estacionado nas proximidades.

— Vamos lá...

Alex fez sinal para que pegasse o volante e arrancasse. Tirara o colt do bolso para colocar no colo. Richard espiava o indivíduo, esperando descobrir uma falha em sua conduta. No início, Alex ficou calado. Contentava-se em dizer "em frente", "à esquerda", "à direita"; o Mercedes afastou-se do bairro do Opéra para descrever um longo périplo por Paris, da Concórdia ao Cais, da Bastilha a Gambetta... Alex não desgrudava os olhos do retrovisor. Quando teve certeza de que Richard não avisara a polícia, decidiu entabular o diálogo:

— Você é cirurgião?

— Sim... Dirijo o centro de cirurgia reparadora em...

— Sei disso, você também tem uma clínica em Boulogne. Sua filha é lelé da cuca, está trancafiada num hospício na Normandia, como pode ver, conheço você muito bem... E, por enquanto, sua mulher não está tão mal assim, amarrada num cano, num porão, então ouça bem, caso contrário não irá revê-la... Vi você outro dia na televisão!

— É, dei uma entrevista, mês passado — confirmou Richard.

— Você contou como refaz os narizes, como deixa lisinha a pele encarquilhada das velhas e o diabo a quatro... — prosseguiu Alex.

Richard já tinha entendido. Suspirou. Aquele sujeito não odiava Ève, mas apenas a si próprio.

— A polícia está no meu encalço. Apaguei um policial. Estou frito, a menos que eu mude a minha cara. E é você que vai cuidar disso... Na tevê, você falou que não demorava muito tempo. Estou sozinho, não tem ninguém comigo nesse golpe. Não tenho mais nada a perder! Se tentar avisar a polícia, sua mulher morrerá de fome no porão. Não tente aprontar, não tenho nada a perder, repito. Minha vingança será sobre ela. Se eu for preso por sua causa, nunca direi aos policiais onde ela está e ela morrerá de fome, não é uma morte bonita...

— Entendi, aceito.

— Tem certeza?

— Absoluta, contanto que prometa não machucá-la.

— Gosta mesmo dela, hein? — constatou Alex.

Richard, com a voz neutra, ouviu-se responder "sim".

— Como vamos fazer? Você me põe para dentro do seu hospital, não, espere, da sua clínica, é melhor...

Richard dirigia com as mãos crispadas no volante. Tinha que convencer aquele sujeito a ir para o Vésinet. Tratava-se visivelmente de um amador. A ingenuidade de seu plano demonstrava isso. Sequer lhe ocorrera a ideia de que, uma vez anestesiado, ele se tornava totalmente manipulável. Um imbecil, não passava de um imbecil! Julgava safar-se sequestrando Ève. Ridículo, totalmente ridículo! Tudo bem, mas ele tinha que aceitar ir para o Vésinet: na clínica, Lafargue não podia fazer nada, e o plano estúpido de Alex corria o risco de ser bem-sucedido, uma vez que Richard, por nada na vida, chamaria a polícia...

— Escute — disse ele —, vamos ganhar tempo. Uma cirurgia é preparada com grande antecedência. É preciso fazer exames, sabia disso?

— Não está me achando com cara de burro...

— Estou... Se o senhor for à clínica desse jeito, vão fazer perguntas, as intervenções são planejadas, há um cronograma...

— Você não é o dono? — murmurou Alex, surpreso.

— Sou, mas se está sendo procurado, admita que quanto menos gente encontrar é melhor para o senhor.

— Exato, e daí?

— Vamos até a minha casa, vou mostrar-lhe o que posso fazer, o desenho de um novo nariz, o senhor tem uma papada, podemos suprimi-la, tudo isso...

Alex estava desconfiado, mas concordou. Tudo parecia começar impecavelmente: o doutorzinho estava morrendo de cagaço por causa da sua boneca.

Ao chegar ao Vésinet, Lafargue convidou Alex para sentar-se confortavelmente. Estavam no gabinete; Richard abriu umas pastas com fotografias e encontrou a de um homem vagamente parecido com Alex; com um feltro branco apagou pouco a pouco o nariz para desenhar um novo contorno, em preto. Alex observava-o, fascinado. Em seguida, Lafargue fez a mesma coisa com a papada. A mão livre, esboçou um rápido retrato de Alex, tal como era, de frente e de perfil, e outro, representando o futuro Alex.

— Sensacional! Se me deixar assim, não terá com que se preocupar em relação à sua mulher...

Alex pegou o primeiro desenho e o rasgou.

— Por acaso pretendia fazer um retrato-falado para os policiais, hein, depois da operação? — perguntou, inquieto.

— Não seja ridículo, tudo que me interessa é rever Ève!

— Ela se chama Ève? Puxa... Em todo caso, tomei minhas precauções...

Lafargue não era tolo: o sujeito tinha realmente a intenção de matá-lo se a cirurgia se realizasse. Quanto a Ève...

— Ouça, melhor não perder tempo. Tenho que fazer uns exames antes de tentar essa operação. Disponho aqui, no subsolo, de um pequeno laboratório improvisado e podemos ir até lá imediatamente.

Alex franziu o cenho.

— Aqui?

— Claro que sim — replicou Richard, sorrindo —, trabalho muito fora do hospital!

Levantaram-se ambos, e Richard apontou o caminho do subsolo. O porão era grande, havia diversas portas. Lafargue abriu uma, acendeu a luz e entrou. Alex foi atrás. Arregalou os olhos, perplexo com aquele espetáculo: uma bancada comprida comportando uma profusão de aparelhos, um armário envidraçado abarrotado de instrumentos. Com o colt na mão, passeou pelo mini-centro cirúrgico instalado por Richard.

Parou em frente à mesa de cirurgia, examinou o enorme spot, apagado, que pairava em cima, pegou a máscara de anestesia, inspecionou os frascos. Ignorava o que continham...

— Mas afinal o que é isso? — perguntou, assombrado...

— Ora, é meu laboratório...

— Mas você opera gente aqui?

Alex apontava para a bancada, para o grande spot. Reconhecia mais ou menos o equipamento visto na reportagem médica da televisão.

— Ah, não! Mas o senhor sabe, somos obrigados a realizar testes... Em animais.

Richard sentia o suor aflorar na sua testa, seu pulso disparava, mas ele tentava não deixar o medo transparecer.

Alex balançou a cabeça, pasmo. É verdade, sabia realmente, meio por alto, que os médicos fazem um monte de experiências com macacos e tudo o mais...

— Mas então, veja bem, não preciso ir à clínica. Você tem que me operar aqui. Não? Se tem tudo que precisa! — sugeriu.

As mãos de Lafargue tremiam. Enfiou-as no bolso.

— Está pensando, algum problema? — volveu Alex.

— Não... Talvez me faltem um ou dois produtos.

— Quanto tempo vou ter de ficar na cama depois da operação?

— Ah, muito pouco! O senhor é jovem, forte, e não se trata de uma intervenção traumática.

— E poderei tirar os curativos logo depois?

— Ah, não! Terá que esperar pelo menos uma semana — declarou Richard.

Alex ia e vinha pelo aposento, bisbilhotando os aparelhos.

— Não há risco de fazer isso aqui?

Lafargue abriu os braços antes de responder não, realmente, risco nenhum...

— E vai fazer tudo sozinho, não vai precisar de enfermeira?

— Ah, isso não tem importância, posso cuidar de tudo. Basta paciência.

Alex caiu na gargalhada e deu um grande tapa nas costas do médico.

— Sabe o que vamos fazer? — disse. — Vou me instalar na sua casa, e, assim que você puder, você me opera... Amanhã?

— Está bem... Amanhã, se quiser... Mas durante a sua, enfim, a sua "convalescença", quem irá cuidar de Ève?

— Não se preocupe, ela está em boas mãos...

— Eu julgava que estivesse sozinho...

— Não, não completamente, não se preocupe, não vamos machucá-la... Você me opera amanhã. E nós dois permanecemos aqui durante uma semana. Sua empregada está de férias, telefone para o motorista para que ele não venha amanhã... Nós dois iremos providenciar os produtos que lhe faltam. Você precisa tirar uns dias no hospital. Pronto, vamos...

Voltaram para o térreo. Alex mandou Richard telefonar para Roger em sua casa. Quando Richard terminou a ligação, Alex apontou-lhe o quarto de cima.

Fez com que entrasse no apartamento de Ève.

— Sua mulher não está bem? Por que a mantém trancada?

— Ela... resumindo, ela tem atitudes estranhas...

— Como sua filha?

— Um pouco, às vezes...

Alex trancou as três fechaduras desejando boa-noite a Lafargue. Inspecionou o outro quarto e saiu para dar uma volta no jardim. "Ève" devia estar começando a se entediar, lá em Livry-Gargan, mas estava tudo dentro dos conformes... Em dez dias, após ter tirado os curativos, Alex mataria Lafargue e bye-bye para todo mundo! Dali a dez dias Ève estaria morta, quem sabe? E daí?

Na manhã seguinte, Alex acordou Richard bem cedinho. Encontrou-o deitado na cama, vestido. Alex preparou um café da manhã, que tomaram juntos.

— Vamos à sua clínica pegar o que você precisa. Pode me operar esta tarde? — perguntou.

— Não... Preciso fazer uns exames, coletar sangue.

— É mesmo, os exames de urina etc. etc.!

— E quando eu tiver os resultados, poderemos começar. Digamos, amanhã de manhã...

Alex estava satisfeito. O doutorzinho estava com uma cara normal. Foi ele que se instalou ao volante do Mercedes para irem até Boulogne. Deixou Lafargue em frente à clínica.

— Não demore muito... sou muito desconfiado!

— Não se preocupe, só preciso de um minuto.

Richard entrou em seu consultório. A secretária demonstrou surpresa ao vê-lo chegar tão cedo. Ele pediu para ela avisar ao hospital que não iria para as consultas da manhã. Em seguida vasculhou numa gaveta, pegou dois vidrinhos ao acaso, refletiu por um instante e foi pegar um estojo de bisturis, pensando que aquilo impressionaria mais ainda a Alex, convencendo-o da sinceridade de sua "participação".

Ao chegar ao carro, Alex leu o rótulo dos remédios, abriu o estojo que continha as lâminas e guardou tudo com cuidado no porta-luvas. Já no Vésinet, desceram até o laboratório. Lafargue tirou um pouco de sangue do bandido. Debruçado num microscópio, examinou vagamente a lâmina, misturou ao acaso algumas gotas de reagentes e, por fim, interrogou Alex acerca de suas doenças pregressas.

Alex estava nas nuvens. Observava Lafargue, olhava por cima do ombro e chegou, por um instante, a dar uma espiada no microscópio.

— Bem — disse Richard —, está tudo em ordem. Não precisamos esperar até amanhã. O senhor está em excelente forma! Irá descansar o dia todo. Não comerá esta tarde, e, à noite, posso operá-lo.

Aproximou-se de Alex, apalpou-lhe o nariz e o pescoço. Alex pegou no bolso o croqui do seu novo rosto e desdobrou-o.

— Desse jeito? — perguntou, mostrando o desenho.

— É... Desse jeito! — confirmou Lafargue.

Deitado na cama de Lafargue, trancado no outro quarto, Alex ficou de repouso durante várias horas. Sentia vontade de beber alguma coisa, mas estava proibido. Às seis horas, foi procurar o cirurgião. Estava tenso: a ideia de se ver numa mesa de cirurgia sempre o assustara. Richard tranquilizou-o, fez com que se despisse. Alex desfez-se do colt reticente.

— Não se esqueça da sua mulher, doutorzinho... — murmurou ao se deitar.

Richard acendeu o spot principal. A luz fria cegava. Alex piscou. Pouco tempo depois, Lafargue apareceu ao seu lado, vestindo branco, de máscara. Alex sorriu, sereno novamente.

— Vamos lá? — perguntou Lafargue.

— Vamos lá... E não banque o idiota senão sua mulher já era!

Richard fechou a sala de cirurgia, pegou uma seringa, aproximou-se de Alex.

— Essa injeção irá relaxá-lo... Daqui a pouco, uns 15 minutos, vou dopá-lo...

— Veja lá... Não banque o idiota!

A ponta da agulha penetrou delicadamente na veia. Alex via, acima dele, o cirurgião sorrir.

— Não banque o idiota! Hein, não banque o idiota...

Bruscamente, soçobrou no sono. Durante seu último segundo de consciência, percebeu que alguma coisa de anormal acabava de acontecer.

Richard arrancou a máscara, desligou o spot e colocou o bandido em suas costas. Abriu a porta da sala de cirurgia, saiu no corredor e caminhou titubeante até a outra porta, que dava para o subsolo.

Após girar a chave, carregou Alex até a parede coberta de musgo. O sofá e as poltronas continuavam lá, bem como outros pertences de Vincent. Prendeu Alex nessa parede, suprimindo alguns elos encurtando a corrente. Voltou à sala de cirurgia, pegou um cateter numa gaveta e o fixou numa veia do seu antebraço: Alex, uma vez despertado, mesmo manietado, acharia sempre um jeito de espernear um pouco para impedir Richard de usar novamente sua seringa... Lafargue estava efetivamente convencido de que aquele sujeito, desesperado e encurralado pela polícia, acharia forças suficientes para resistir a uma tortura "clássica", pelo menos durante certo tempo. E Richard tinha pressa... Só lhe restava esperar.

Largou o jaleco no chão. Subiu para pegar a garrafa de scotch e um copo. Voltou e instalou-se numa poltrona, em frente a Alex. A dosagem do anestésico era muito fraca, seu prisioneiro não tardaria a acordar.

II

ALEX EMERGIU lentamente do sono. Lafargue esperava, espreitando sua reação. A fim de trazê-lo de volta a si o mais rápido possível, levantou-se para esbofeteá-lo vigorosamente,

Alex viu as correntes, aquele porão atulhado de móveis, aquelas janelas esquisitas em trompe-l'oeil, o mar, a montanha... Riu. Tudo terminara. Ele não diria onde estava a vagabunda, podiam torturá-lo, a morte era-lhe indiferente...

O médico observava-o, sentado na poltrona, bebericando num copo. Uísque: a garrafa estava no chão. Que canalha! Tinha-o nas mãos, gozara com a sua cara. Era um demônio, não se desconcertara, blefara... Sim, Alex admitia, reconhecia-se como um medíocre.

— Então quer dizer... — disse Lafargue — que Ève está num porão, acorrentada numa tubulação. Sozinha

— Ela vai morrer... Você nunca saberá onde ela está! — tartamudeou Alex.

— O senhor a machucou?

— Não. Tive vontade de possuí-la, mas preferi adiar para mais tarde; deveria ter feito, hein? Mas, veja, agora ninguém mais vai trepar com ela. Ninguém, nunca mais... Ninguém irá encontrá-la antes de duas semanas! Ela vai morrer de fome, de sede. Por sua culpa... Pode ser que um dia você veja apenas seu esqueleto. Ela trepava bem, pelo menos?

— Cale-se — murmurou Lafargue, trincando os dentes. — Você me dirá onde ela está...

— Claro que não, seu otário, pode fazer picadinho de mim, não direi nada! Vou morrer. E, se não me matar, a polícia irá me prender: estou frito, não tenho mais nada a temer.

— Nada disso, seu pateta, o senhor vai falar...

Richard aproximou-se de Alex, que lhe cuspiu no rosto. Ele grudara seu braço na parede, a mão espalmada para a frente, o pulso acorrentado, e grandes tiras de fita isolante ultraforte aplicadas no cimento impediam qualquer movimento do membro.

— Veja! — disse Richard.

Apontava para o cateter espetado na veia. Alex suou, começou a soluçar. O canalha ia pegá-lo com aquilo... Com uma droga.

Richard mostrava-lhe uma seringa, que encaixou no cateter. Lentamente, apertou o êmbolo. Alex uivava, tentava puxar as correntes, em vão.

O produto agora estava dentro dele, correndo em seu sangue. Sentiu náuseas, uma névoa esponjosa embaralhou pouco a pouco sua mente. Parou de gritar, de se agitar. Seus olhos vítreos continuavam a distinguir o rosto de Lafargue, sorridente, o olho mau.

— Qual é o seu nome?

Richard puxava seu cabelo, segurando a cabeça, que se prostrara.

— Barny... Alex.

— Ainda se lembra da minha mulher?

— Sim...

No fim de poucos minutos, Alex forneceu o endereço da casa de Livry-Gargan.

*

Bem junto ao chão, uma lufada de ar frio abre caminho. Você se contorce para ficar de lado, apoia a face no solo e desfruta daquela parcela de frescor. Sua garganta dói, ressecada. O esparadrapo em seus lábios arreganha sua pele.

A porta se abre. A luz se acende. É Tarântula. Precipita-se em sua direção. Por que está com essa fisionomia transtornada? Pega-a nos braços, arranca lentamente o esparadrapo da mordaça, cobre seu rosto com beijos, chama-a de "minha querida", agora cuida das correias, desfaz os nós. Seus membros dormentes reclamam, a circulação do sangue volta bruscamente, sem entraves.

Tarântula tem você nos braços. Aperta-a contra si. Sua mão corre pelos seus cabelos, acaricia sua cabeça, sua nuca. Ele a levanta do chão, arrasta-a para fora do porão.

Você não está no Vésinet, mas em outra casa... O que significa tudo aquilo? Tarântula abre uma porta com um pontapé. É uma cozinha. Sem largá-la, pega um copo, enche-o com água, faz você beber, em pequenos goles...

Parece que você engoliu quilos de pó; e a água na sua boca, você jamais conheceu sensação tão agradável.

Tarântula leva você para o salão, mobiliado grosseiramente. Senta-se numa poltrona, fica de joelhos à sua frente, coloca a testa na sua barriga, com as mãos enlaça sua cintura.

Você assiste a tudo isso distante, espectadora de uma representação absurda. Tarântula desapareceu. Volta com a colcha, que deixara no porão; envolve-a com ela e leva você para o lado de fora. É noite.

O Mercedes espera na rua. Tarântula instala você ao seu lado, depois pega o volante.

Fala com você, contando uma história louca, inverossímil. Você mal o escuta. Um bandido sequestrou-a, para fazê-lo falar... Coitado do Tarântula, está louco, não sabe mais discernir entre a realidade e as suas encenações. Não... Apesar da delicadeza de que dá provas, você sabe muito bem que ele irá fazê-la sofrer, para castigá-la... Num sinal vermelho, ele se vira para você. Sorri, acaricia novamente seus cabelos.

Ao chegar ao Vésinet, carrega-a para o salão e a instala num sofá. Corre até o seu quarto, volta com um penhoar; veste-o em você, depois desaparece de novo... Reaparece com uma bandeja: para comer, beber... ele lhe dá alguns comprimidos, você não sabe de quê, não tem importância.

Ele a faz comer, insiste para que você aceite um iogurte, frutas.

Quando você termina, seus olhos se fecham, você está esgotada. Ele a leva para o andar de cima, deita-a em sua cama; antes de cair no sono, você nota que ele permanece ao seu lado, que segurava sua mão.

Você acorda... Há uma claridade difusa, deve ser madrugada. Tarântula está aqui, perto de você, numa poltrona, dorme, a porta do seu quarto está totalmente aberta.

Suas pernas ainda doem, os nós das cordas apertavam muito. Você fica de lado, para melhor observar Tarântula. Volta a pensar naquela história rocambolesca que ele lhe contou... Uma história de gângster? Ah sim... Um bandido em fuga que queria que Tarântula mudasse seu rosto. E você, por sua vez, era a refém!

Você não sabe mais... O sono volta. Um sono intercalado por pesadelos. Sempre as mesmas imagens: Tarântula rindo, você naquela mesa, o spot, enorme, cega-o. Tarântula usa um jaleco branco, um avental de cirurgião, uma touca branca, assiste a seu despertar, ri desbragadamente.

Você ouve aquela risada, multiplicada, ela arrebenta os seus tímpanos, você queria dormir mais, mas não, a anestesia chegou ao fim... O tempo demora a passar, você retorna de outro lugar, as imagens de seus sonhos ainda estão vivas, e Tarântula ri... Você gira a cabeça, seu braço está preso, não, seus braços estão presos... Uma agulha penetra na dobra interna do seu cotovelo, está ligada àquele cubo, um gota a gota pinga na garrafa de soro, que balança suavemente acima da sua cabeça, lá em cima... Você sente uma vertigem, mas pouco a pouco, uma dor violenta fustiga-o convulsivamente, aqui, mais abaixo, no seu púbis, e Tarântula ri.

Suas coxas estão abertas, você sofre. Seus joelhos estão presos a barras, tubos de aço... Sim... Como aquelas mesas utilizadas pelos ginecologistas, para examinar a... Ah! Aquela dor, na direção do seu sexo, sobe para a região abdominal, você tenta soerguer a cabeça para ver o que acontece, e Tarântula continua rindo.

— Espere, meu querido Vincent... Vou ajudá-lo...

Tarântula pegou um espelho, segura sua nuca, coloca o espelho entre suas pernas. Você não vê nada, nada senão um monte de compressas empapadas de sangue, e dois tubos, conectados a garrafas...

— Daqui a pouco — diz-lhe Tarântula —, você verá melhor! — E se contorce de rir.

Sim... Você sabe o que ele lhe fez. As picadas, seus seios que cresceram, e, agora, aquilo.

Quando o efeito da anestesia extinguiu-se totalmente, quando você recuperou a consciência, você gritou,

gritou longamente. Ele o deixara ali, na sala de operações, no porão, deitado, algemado na mesa.

Ele chegou. Debruçou-se sobre você. Parecia não querer parar de rir.

Trouxera um bolo, um bolo modesto, com uma vela. Uma única vela.

— Meu querido Vincent, vamos festejar o primeiro aniversário de alguém que você vai conhecer daqui a pouco: Ève.

Apontava para o seu ventre.

— Aí não tem mais nada! Vou lhe explicar. Você não é mais Vincent. Você é Ève.

Cortou o bolo, pegou uma fatia, e esmagou-a no seu rosto. Você não tinha forças sequer para gritar. Sorrindo, ele comia a outra fatia. Espocou uma garrafa de champanhe, encheu duas taças. Bebeu a dele e despejou a outra na sua cabeça.

— Quer dizer, minha querida Ève, que isso é tudo que tem a me dizer?

Você perguntou o que ele fizera com você. Era muito simples. Empurrou a mesa para o outro lado do porão, onde você vivera até aquele momento.

— Minha cara amiga, não me foi possível tirar fotos da intervenção que acabo de praticar em você... Contudo, como esse tipo de cirurgia é bastante corriqueiro, vou lhe explicar com a ajuda desse pequeno filme.

Pôs um projetor para funcionar... Na tela esticada na parede apareceu uma sala de operações. Alguém fazia os comentários, não era Tarântula.

"Após um tratamento hormonal estendido por dois anos, podemos agora praticar uma vaginoplastia no Sr. X, com quem tivemos diversas entrevistas prévias.

Começamos então, após anestesia, pelo corte de um fragmento de glande de 1,2 centímetros, depois descolamos a totalidade da pele do pênis até sua raiz. Dissecamos o pedículo, igualmente até a raiz... Manobra idêntica no que se refere ao pedículo vasculonervoso dorsal do pênis. Trata-se de levar a parede anterior dos corpos cavernosos até a raiz do pênis..."

Você não conseguia desgrudar os olhos daquele espetáculo, daqueles homens com as mãos enluvadas manipulando o bisturi e as pinças, cortando na carne, como Tarântula fizera com você.

"A fase seguinte consiste numa incisão escrotoperineal, mantendo-se 3 centímetros atrás do ânus; exteriorização do pênis através dessa incisão e continuação da dissecção da pele e do fragmento de glande.

Chega-se assim à individualização da uretra e à separação dos corpos cavernosos sobre a linha mediana."

Tarântula ria, ria... Levantava-se de vez em quando para ajustar a imagem, e voltava até você, dando tapinhas na sua cara.

"A terceira etapa é a criação de uma neovagina entre, de um lado, a plataforma uretral, na frente, e o reto atrás, com uma haste intrarretal para controlar o descolamento."

Eis o descolamento da neovagina, medindo 4 centímetros de largura por 12 a 13 de profundidade... aqui, o fechamento da extremidade anterior do invólucro do pênis e invaginação da pele do pênis na neovagina...

O fragmento de glande é exteriorizado de forma a criar um neoclitóris. A pele dos testículos, que conservamos bem fina, por sua vez, está seca: ela virá a formar os grandes lábios.

Vocês veem aqui o mesmo paciente, meses mais tarde. O resultado é bastante satisfatório: a vagina ficou de bom tamanho e plenamente funcional, o clitóris está bem vivo e sensível, o orifício uretral no lugar certo e sem complicações urinárias..."

O filme terminara. Você sentia uma comichão, no âmago da dor, em seu púbis. Deu-lhe vontade de urinar. Disse isso a Tarântula... Ele instalara uma sonda em você, e aquela sensação estranha, aquela nova percepção do seu sexo veio também. Você ainda gritou...

Era pavoroso, você não conseguia conciliar o sono. Tarântula injetava-lhe calmantes. Mais tarde, soltou-a para colocá-la de pé. Com passos miúdos, você caminhou, andando em círculos. A sonda balançava entre suas pernas e aqueles tubos também, ligados a frascos a vácuo que aspiravam as secreções. Tarântula segurava um, o outro ficava enfiado no bolso do seu roupão... Você estava sem forças. Tarântula fez com que você deixasse o porão para instalá-la num pequeno aposento. Havia uma alcova, um quarto. Você sentia-se ofuscada.

Era a primeira vez em dois anos que deixava sua prisão. O sol aqueceu seu rosto. Foi gostoso.

Sua "convalescença" durou um longo tempo. A sonda desaparecera, os frascos também. Não restava nada senão aquele buraco entre suas pernas. Tarântula obrigava-a a usar um mandril, instalado em sua vagina. Era indispensável, ele dizia, senão a pele fecharia novamente. Você usou-o meses, meses. Havia um ponto bastante sensível, mais acima: seu clitóris.

A porta do quarto continuava fechada. Pelos postigos fechados, você via um jardim, um pequeno lago, cisnes. Tarântula vinha visitá-la todos os dias, longas horas. Vocês falavam da sua vida nova. Você era outro... Outra.

Você retomou o piano, a pintura... Uma vez que tinha seios e aquele buraco, ali entre as coxas, precisava jogar o jogo. Fugir? Voltar para casa depois de tanto tempo? Casa? Era realmente sua casa aquele lugar onde Vincent morara? Que diriam aqueles que ele conhecia? Você não tinha escolha. A maquiagem, as roupas, os perfumes... E, um dia, Tarântula levou-a até uma aleia do Bois de Boulogne. Nada mais podia afetá-la.

Hoje, esse homem dorme perto de você. Deve estar desconfortável, encolhido na poltrona. Quando a encontrou no porão, ele beijou-a, tomou-a nos braços. A porta se abriu. O que ele quer agora?

*

Richard abriu os olhos. Sua coluna doía. Uma sensação estranha: a noite inteira cuidando de Ève, depois alguma coisa, um amarfanhar de pano — o lençol — ou então Ève acordada, espreitando-o na luz da manhã... Ela está ali. Ali, na cama, com os olhos bem abertos. Richard sorri, levanta-se, estica-se, vem sentar-se na beirada da cama. Fala, volta àquele absurdo, adotado por ele, com aqueles rompantes de baixo calão durante seus acessos de raiva.

— A senhora está melhor — ele disse. — Está tudo concluído. Eu... Enfim, está terminado, pode ir embora, eu me viro com os papéis, sua nova identidade, isso é possível, sabia? Você irá até a polícia para contar...

Era de dar pena, Richard não parava de admitir sua derrota. Uma derrota total e humilhante, que chegava tarde demais para punir um ódio já extinto.

Ève levantou-se, tomou um banho e se vestiu. Desceu até o salão. Richard encontrou-a na beira do lago. Ele chegava com migalhas de pão, que atirou aos cisnes. Ela ficou de cócoras à beira d'água, chamou os animais assobiando. Eles vieram comer em sua mão espiralando o pescoço para engolir as bolotinhas.

Fazia um dia radioso. Voltaram ambos para a mansão e sentaram-se lado a lado num balanço, perto da piscina. Assim permaneceram longamente, um ao lado do outro, sem trocar palavra.

— Richard? — disse Ève finalmente. — Eu quero ver o mar...

Ele voltou-se para ela, fitou-a com seu olhar imensamente triste e aquiesceu. Voltaram para a casa. Ève foi pegar uma bolsa, enfiou nela alguns pertences. Richard a esperava no carro.

Tomaram a estrada. Ela abaixou o vidro lateral e brincou de lutar contra o vento, mantendo a mão do lado de fora. Ele recomendou que parasse com aquilo por causa dos insetos e pedrinhas que poderiam feri-la.

Richard ia rápido, engolindo as curvas numa espécie de fúria. Ela pediu que ele fosse mais devagar. Os despenhadeiros à beira do mar não demoraram a aparecer.

A praia de cascalho de Étretat estava lotada. Os turistas aglomeravam-se na beirinha. A maré estava baixa. Passearam pela trilha que serpenteia ao longo do rochedo e termina num túnel que desemboca em outra praia, aquela onde se ergue a Agulha Oca.

Ève perguntou a Richard se ele lera o romance de Leblanc, aquela história louca de bandidos escondidos numa caverna escavada no bojo do pico. Não, Richard não lera... Disse, rindo, com uma nuance de amargura na voz, que sua profissão não lhe deixava muito tempo para o lazer. Ela insistiu, ora, quem não conhece Arsène Lupin!

Retomaram o passeio na direção contrária para retornar à cidade. Ève estava com fome. Instalaram-se numa varanda de um restaurante de frutos do mar.

Ela degustou uma bandeja cheia de ostras, de bulots. Richard provou uma pinça de aranha-do-mar e deixou-a terminar a refeição sozinha.

— Richard — ela perguntou —, que história é essa de gângster?

Ele lhe contou de novo, sua volta ao Vésinet, o quarto vazio, as fechaduras abertas, sua angústia ante o seu desaparecimento. Como ele a encontrara, enfim.

— E você deixou o bandido ir embora? — ela insistiu, desconfiada, incrédula.

— Não, ele está preso no porão.

Ele respondera baixinho, num tom monocórdio. Ela quase engasgou.

— Richard! Mas temos que ir até lá, você não pode deixá-lo morrer desse jeito!

— Ele maltratou você, é tudo que ele merece!

Ela deu um soco na mesa para trazê-lo de volta à realidade. Tinha a impressão de representar uma cena absurda, o vinho branco no seu copo, um resto da comida, e aquele diálogo despropositado a propósito de um sujeito mofando no subsolo da casa do Vésinet! Ele olhava para longe, ausente. Ela insistiu para voltarem. Ele aceitou prontamente. Ela teve a impressão de que se ele lhe pedisse para se atirar do alto do despenhadeiro ele obedeceria sem reclamar.

*

Já era tarde quando entraram na propriedade. Ele a precedeu na escada que levava ao porão. Abriu a porta, acendeu a luz. O sujeito estava realmente ali, de joelhos, os braços estirados pelas correntes que ela tão bem conhecia. Quando Alex ergueu a cabeça, ela soltou um grito que parecia não ter fim, uma queixa de animal ferido ciente do que acontecia.

Alquebrada, sem respirar, apontava o dedo para o prisioneiro. Correu para o corredor, caiu de joelhos, e vomitou. Richard fora até ela e a amparou segurando-lhe a testa.

*

Quer dizer que era assim o último ato! Tarântula imaginara aquela história de gângster, aquele romance delirante, para domar sua desconfiança. Amaciara-a com sua ternura, cedendo àquele capricho, ver o mar, para atirá-la num horror sem fundo!

E aquela astúcia para fazê-la descobrir Alex também prisioneiro, como você quatro anos antes, não tinha como objetivo senão pulverizá-la mais um pouco, aproximá-la ainda mais — seria isso possível? — da loucura...

Sim, era este o plano dele! Não humilhá-la, prostituindo-a após havê-la castrado, defumado, estragado, após haver destruído seu corpo para com ele construir outro, um brinquedo de carne. Não, tudo aquilo não passava de uma brincadeira, as primícias do seu ver-

dadeiro plano: fazê-la soçobrar na loucura, como sua filha... Uma vez que você resistira a todas as provações, ele apostava mais alto!

De etapa em etapa, ele a degradara, enfiava sua cabeça nas águas do esgoto, e, de tempos em temos, puxava-a pelos cabelos, impedindo que você se afogasse completamente, para finalmente dar-lhe o golpe fatal: Alex!

Tarântula não era louco: era um gênio. Quem mais teria sido capaz de imaginar progressão tão ponderadamente estudada? Canalha, precisava matá-lo!

De Alex ele não tiraria nada, ele devia saber... Decerto não pretendia impor-lhe os mesmos tormentos. Alex era um grande boçal, um caipira, você se divertira com ele, antigamente você fazia o que queria dele, e ele o seguiria a qualquer lugar, como um cão!

Tarântula nada poderia fazer com ele: os requintes que você conhecera não podiam ser-lhe destinados. Talvez ele fosse obrigar você a... Sim, ele estava acorrentado, nu como um verme, era o que Tarântula queria!

Ele não se saciara o suficiente com um só, precisava de dois à sua mercê. Quatro anos, Tarântula levara quatro anos para encontrar Alex... Alex, o que será dele? Mas, acima de tudo, por que Tarântula o capturara? Você nunca revelara nada!

Tarântula estava ali, perto de você. Ele a amparava. A poça de vômito esparramava-se no cimento. Tarântula murmurava palavras carinhosas, minha gatinha, minha querida. Mostrava solicitude, limpando sua boca com a ajuda de um lenço...

A porta do outro cômodo estava aberta. Você deu um pulo repentino, em direção à sala de cirurgia, e, sobre a bancada, pegou um bisturi e voltou a passos lentos até Tarântula, com a lâmina apontada para ele.

III

Achavam-se cara a cara naquele subsolo de cimento, iluminado por uma luz fria. Ela avançava calmamente, o bisturi na mão. Richard não se mexia mais. No porão, Alex começou a gritar. Vira Ève cair de joelhos, arrastar-se para fora de sua vista e, agora, pelo vão da porta, via-a progredir com uma faca na não.

— Meu revólver, garota! — ele berrou. — Meu revólver aqui, ele o deixou aqui.

Ève entrou novamente no porão e apoderou-se da arma de Alex, efetivamente largada no sofá. Richard sequer estremecera, mantinha-se de pé no corredor mas não recuava mais diante do cano do colt apontado para o seu torso. E disse uma coisa incrível.

— Ève, eu te suplico, explique-me!

Ela estacou, pasma. Era mais uma artimanha de Tarântula, provavelmente, aquele estupor fingido. Mas não era daquele jeito que o canalha iria safar-se.

— Não se preocupe, Alex! — ela gritou. — Vamos acabar com esse merda!

Tampouco Alex compreendia muita coisa. Ela sabia seu nome? Sim, Lafargue talvez o houvesse mencionado... Claro: era tudo tão simples... Lafargue mantinha sua mulher enclausurada e ela hoje aproveitava a oportunidade para se livrar do marido!

— Ève, mate-me se quiser, mas explique-me o que está acontecendo!

Richard deixara-se cair no chão, escorregando pela parede. Jazia, sentado.

— Você não liga para mim! Você não liga para mim! Você não liga para mim!

Ela começara num murmúrio para terminar num uivo. Os músculos do seu pescoço saltavam, tinha o olhar esgazeado, tremia violentamente.

— Ève, eu te suplico, explique-me...

— Alex! Alex Barny! Ele estava comigo. Ele estuprou Viviane, chegou a sodomizá-la, enquanto... Enquanto eu a segurava! Você sempre acreditou que eu estava sozinho, eu nunca lhe disse nada, eu não queria que você fosse atrás dele também... É tanto culpa dele quanto minha o fato de sua filha ser louca, seu canalha! E fui eu que paguei por tudo!

Alex escutava aquela mulher. O que ela estava dizendo? Esses dois, pensou, estão me pregando uma peça de mau gosto, querem me enlouquecer... Observou então atentamente a mulher de Lafargue, a boca, os olhos...

— Ah, não sabia que éramos dois? — continuou Ève. — Claro que sim, Alex era meu amigo! O coitado não conseguia muitas garotas... Precisava que eu fosse de batedor. Com a sua menina foi mais difícil, ela não queria saber! Ser bolinada, beijada, disso ela gostava, mas assim que eu enfiava a mão debaixo da saia, era o fim! Então foi preciso forçá-la um pouco.

Richard balançava a cabeça, incrédulo, abatido pelos gritos de Ève, por sua voz aguda, que continuava a berrar.

— Eu fui o primeiro, Alex a segurava, ela resistia... Vocês, no restaurante, estavam enchendo a pança ou dançando, hein? Depois, cedi o lugar a Alex. Ele se divertiu muito, sabia, Richard? Ela gemia, sentia dores... Menos que eu, no fim das contas, depois de tudo que você me fez. Vou matá-lo, Tarântula, matá-lo!

*

Não, Tarântula nunca soubera de nada. Você nunca lhe dissera. Quando ele lhe confessou por que o mutilara — aquele estupro de Viviane, que a enlouquecera — você decidira calar-se. Sua única vingança era proteger Alex. Tarântula não sabia que vocês eram dois.

Você estava ali, deitada na mesa da sala de cirurgia, e ele lhe contou aquele fim de tarde de julho, dois anos antes. Um sábado. Você vadiava na aldeia, em companhia de Alex, desocupado. As férias escolares acabavam de começar. Você viajaria para a Inglaterra, e ele, Alex, ficaria na fazenda do pai para trabalhar na plantação.

Você dera uma volta, bisbilhotara nos bares, nos pebolins, nos fliperamas, depois vocês dois pegaram uma moto. A temperatura estava amena. Em Dinancourt, um grande centro a cerca de 30 quilômetros, havia um baile, uma festa campestre. Alex atirou de espingarda nas bexigas. Você, por sua vez, espiava as garotas. Havia muitas. Foi lá pelo fim da tarde que você viu a menina. Era bonita. Caminhava de braço dado com um sujeito, um velho, enfim, bem mais que ela. Devia ser seu pai. Usava um vestido de verão azul-claro. Seu cabelo era cacheado, louro, e seu rosto ainda infantil não exibia maquiagem. Passeavam na companhia de outras pessoas, e, por seus trajes, via-se imediatamente que não eram camponeses.

Sentaram-se na varanda de um bar. A garota continuou a perambular sozinha pela festa. Você abordou-a, amável como sempre. Chamava-se Viviane. Sim, era realmente seu pai o sujeito de cabelos brancos.

À noite, haveria um baile na praça da aldeia. Você perguntou a Viviane se queria encontrá-lo. Ela até que queria, mas tinha o pai! Haviam ido até lá para um casamento. A hospedaria ficava num antigo castelo, um pouco afastado das casas, e no parque eram dadas muitas recepções e festas. Ela tinha que ir ao almoço de casamento. Você convenceu-a: à noite, ela iria até lá, perto da barraca de batatas fritas. Era uma menina, um pouco sem-graça, mas bem bonita.

Durante a noite, você ficou circulando pelos arredores do castelo. Os Richard haviam mandado vir uma orquestra, ah, nada de acordeão caipira, não, uma orquestra de verdade, os caras tocavam jazz, vestiam smoking branco. As janelas da hospedaria estavam fechadas para proteger os ricos da algazarra cafona do baile campestre.

Por volta das dez, Viviane saiu. Você sugeriu-lhe uma bebida. Ela pediu uma coca, você, um scotch. Você dançou. Alex observava-o. Você deu uma piscadela para ele. Durante uma música lenta, você beijou Viviane. Você sentia o coração dela batendo forte contra seu peito. Ela não sabia beijar. Fechava os lábios, cerrava-os. Depois, quando você lhe mostrou como fazer, eis que ela se pôs a empurrar o máximo que podia com a língua! Uma burra. Ela cheirava bem, um perfume doce, discreto, não como as garotas do pedaço, que se encharcam com litros de água-de-colônia. Ao mesmo tempo que dançava, você acariciava seu dorso nu, o vestido era decotado.

Vocês passearam pelas ruas da aldeia. No portal de uma casa você beijou-a novamente. Foi melhor, tinha aprendido um pouco. Você enfiou a mão no vestido dela, percorrendo desde a virilha até a calcinha. Ela estava excitada, mas se desvencilhou. Tinha medo de discutir com o pai se demorasse muito. Você não insistiu. Vocês voltaram para a praça. O pai saíra da hospedaria para procurar a filha. Viu vocês dois, você virou a cabeça e continuou seu caminho.

De longe, você os observou discutindo. Ele parecia colérico, mas riu e entrou novamente na hospedaria. Viviane juntou-se novamente a você. Seu pai dava-lhe mais um tempinho.

Vocês dançaram. Ela colava em você. Na penumbra, você acariciava seus seios. Uma hora mais tarde, ela quis entrar. Você fez um sinal para Alex, instalado no balcão perto da pista de dança, uma caneca de cerveja na mão. Você disse a Viviane que ia acompanhá-la. De mãos dadas, vocês contornaram o castelo. Rindo, você arrastou-a para as moitas, no fundo do parque. Ela protestava, rindo. Estava louca de vontade de ficar com você.

Vocês se apoiaram numa árvore. Ela beijava superbem agora. Deixou você arregaçar seu vestido, um pouco. Bruscamente, você agarrou sua calcinha para rasgá-la, após ter tapado sua boca com a mão. Alex estava pertinho, pegou-lhe as mãos e pôs seus braços para trás, deitando-a no chão. Ele a segurava com firmeza enquanto você se ajoelhava entre suas pernas. Alex observava você em ação.

Depois foi você quem segurou Viviane, de quatro, no capim enquanto Alex punha-se atrás dela. Alex não se contentou com o que você já lhe impusera. Queria mais.

Ao penetrá-la, machucou-a muito, ela se debatera com a força do desespero, desvencilhando-se. Ela berrava. Você perseguiu-a, agarrando-a pelo pé. Conseguiu imobilizá-la. Quis esbofeteá-la, mas sua mão fechou quando você desferia o golpe e foi seu punho que ela recebeu em cheio na cara. Sua nuca foi chocar-se com o tronco de árvore perto do qual vocês estavam. Ela desmaiara, o corpo agitado por espasmos.

Tarântula contou-lhe isso mais tarde. Quando ele ouviu os berros, a orquestra da hospedaria tocava "The Man I Love". Ele saiu desabalado em direção ao parque. Viu-o, de joelhos no capim, tentando agarrar o tornozelo de Viviane, retendo-a para impedi-la de gritar.

Alex, por sua vez, fugira sem esperar, embrenhando-se na mata. Viviane seguia seu destino. Você precisava dar no pé. Correu para a frente em linha reta, com aquele sujeito atrás de você. Ele saía de uma refeição nababesca, e você se distanciou sem dificuldade. Alex esperava-o na outra ponta da aldeia, perto da motocicleta.

Você ficou preocupado nos dias seguintes. O sujeito vira-o perto da cantina, e, no capinzal atrás da hospedaria, você hesitou uma fração de segundo antes de escolher a direção a tomar... Mas você não era daquela aldeia, que ficava longe da sua casa. Pouco a pouco, você se despreocupou. Viajou para a Inglaterra na semana seguinte, para só voltar no fim de agosto. E depois, não era a primeira vez que Alex botava-o numa fria!

Tarântula procurou-o incansavelmente. Sabia sua idade aproximada. Seu rosto, de maneira imprecisa... Não chamara a polícia. Queria-o todinho para si. Esquadrinhou a região, alargando pouco a pouco o círculo das aldeias dos arredores, espreitando na saída das fábricas, das escolas.

Três meses mais tarde, viu-o num bar, em frente ao liceu de Meaux. Seguiu-o, espionou-o, anotou sua rotina, até o fim de setembro, quando caiu em cima de você na floresta.

Ele ignorava a existência de Alex, não podia saber... Eis por que ele está aqui, diante de você, desesperado, à sua mercê...

*

Richard estava estupefato. Ève, ajoelhada, apontava o colt para ele; com os braços retesados, seu indicador embranquecia ao apertar o gatilho. Cantarolava "eu vou te matar" com uma voz abafada.

— Ève. Eu não sabia... É injusto!

Esse remorso absurdo abalou Ève, que baixou um pouco a guarda. Richard aguardava esse momento. Projetou seu pé nos antebraços da jovem, que largou a arma com um grito de dor. Ele deu um pulo, apoderou-se do colt, correu para o cômodo onde Alex estava acorrentado. Atirou duas vezes. Alex desmoronou, atingido no pescoço e no coração.

Em seguida Richard voltou até o corredor, debruçou-se sobre Ève, ajudou-a a levantar-se, ajoelhou-se e estendeu-lhe o colt.

Titubeante, ela se aprumou, inspirou profundamente e, com as pernas abertas, mirou, aproximando a ponta do cano da têmpora de Lafargue.

Ele a fitava, seu olhar nada deixava transparecer de seus sentimentos, como se quisesse alcançar uma neutralidade que permitisse a Ève fazer abstração de qualquer piedade, como se quisesse voltar a ser Tarântula, Tarântula e seus olhos frios, impenetráveis.

Ève viu-o apequenado, aniquilado. Deixou cair o colt.

Subiu para o andar térreo, correu para o jardim, interrompeu a corrida, ofegante, no portão da entrada. O dia estava bonito, reflexos dançavam na água azul da piscina.

Ève então voltou sobre seus passos, penetrou na mansão, subiu até o andar de cima. Entrou em seus aposentos, sentou-se na cama. O cavalete estava ali, coberto com um pedaço de pano. Ela arrancou-o, contemplando longamente aquele quadro ignóbil, Richard como tra vesti, cara de bêbado, a pele enrugada, Richard como puta velha.

Lentamente, desceu mais uma vez ao porão. O corpo de Alex continuava pendurado nas correntes. Uma grande poça de sangue espalhara-se no cimento. Ela soergueu a cabeça de Alex, fitou por um instante o olhar de seus olhos mortos e em seguida deixou a prisão.

Richard continuava sentado no corredor, os braços ao longo do corpo, as pernas hirtas. Um leve tique agitava seu lábio superior. Ela sentou-se perto dele e pegou sua mão. Deixou a cabeça repousar sobre seu ombro.

Baixinho, sussurrou:

— Venha... Não podemos largar o cadáver aqui...

Este livro foi composto na tipologia ITC-
Slimbach-book Std, em corpo 10,5/15, e impresso
em papel off-white 80g/m² no Sistema Cameron
da Divisão Gráfica da Distribuidora Record.